異世界居酒屋「のぶ」
五杯目

蝉川夏哉

宝島社
文庫

宝島社

異世界居酒屋「のぶ」
iseKai izakaya "NOBU" 5haime
presented by Natsuya Semikawa
illustration / Kururi
五杯目
蝉川夏哉 Natsuya Semikawa ／ illustration 転 Kururi

ベネディクタ
ロンバウト
ウィレム
大リュービク
エトヴィン
イーサク
アルヌ
リオンティーヌ
異世界居酒屋「のぶ」五杯目の人々
isekai izakaya "NOBU" 5haime

ハンス
パトリツィア
シモン
矢澤信之
小リュービク
マルコ
千家しのぶ
エーファ

居酒屋「のぶ」の店員

千家《せんけ》しのぶ

居酒屋「のぶ」の
看板娘。
料亭「ゆきつな」の娘。

矢澤《やざわ》 信之《のぶゆき》

居酒屋「のぶ」の大将。
料亭「ゆきつな」の
元板前。

ハンス

古都の元衛兵。
現在は居酒屋「のぶ」
の見習い料理人。

エーファ

農家の娘。
「のぶ」の皿洗い担当。

リオンティーヌ・デュ・ルーヴ

元女傭兵。後に「のぶ」
の店員となる。

「のぶ」を訪れる人々

ニコラウス

古都の元衛兵。
現在は水運ギルド職員。

ベルトホルト

古都の衛兵の中隊長。
ヘルミーナの夫。

ヘルミーナ

ベルトホルトの幼妻。「のぶ」の
店員だが、現在は育休中。

ゲーアノート

古都参事会に席を持つ徴税請
負人。ナポリタンを愛している。

ローレンツ

元遍歴職人の硝子職人マイスター。フーゴとハンスの父親。

フーゴ

硝子職人。ローレンツの息子でハンスの異母兄。

ロンバウト

ビッセリンク商会の御曹司。眼鏡に強い拘りを持つ。

ベネディクタ

ロンバウトの有能な女性秘書。

マルコ

旅の行商人だったが、古都に腰を落ち着けることを決断する。

小リュービク

〈四翼の獅子〉亭の副料理長。料理の天才。

パトリツィア

〈四翼の獅子〉亭の女給仕。

シモン

〈四翼の獅子〉亭の従業員。

エトヴィン

古都に赴任した老助祭。昔は少し名の知れた聖職者だったらしい。

大リュービク

〈四翼の獅子〉亭の料理長。〈神の舌〉を持つとされる。

ウィレム

ビッセリンク商会の総帥。ロンバウトの父。

トマス

古都の司祭。神学と天文学に精通する。

アルヌ・スネッフェルス

古都周辺に領地を持つサクヌッセンブルク侯爵。

イーサク

アルヌの部下で司厨長。アルヌの乳母兄弟でもある。

クローヴィンケル

食通として知られる吟遊詩人。

マルセル

古都市参事会の議長。恐妻家。

イラスト：転　デザイン：5GAS DESIGN STUDIO

周辺地域の地図
Map of surrounding areas
蛮域
北方三領邦
連合王国《ケルティア》
北都
ナ・ガルマン
西都
王都
古都
帝国
帝都
ラ・パリシィア
東王国《オイリア》
旧西王国
聖王国《ルブシア》
聖都

あらすじ

京都の寂れた通りに店を構えた居酒屋のぶは、正面玄関がなぜか異世界へと繋がってしまっていた。大将の矢澤信之と給仕の千家しのぶは、古都アイテーリアという街で居酒屋を開くことになる。当初は閑古鳥が鳴いていたものの、冷えたビール――トリアエズナマが人気となり、徐々に店は繁盛していった。あらぬ嫌疑を掛けられつつも常連たちの力を借りて回避し、皇帝陛下のお見合いも成功させた。ある日海を越えてやってきた男は、なんと何年も前に日本からこの世界へ来て暮らしていた。不思議な縁を結びながら、居酒屋「のぶ」は営業を続けている。季節は晩夏、秋の近づく古都には、また新たなお客が暖簾をくぐってやってくる。

お品書き

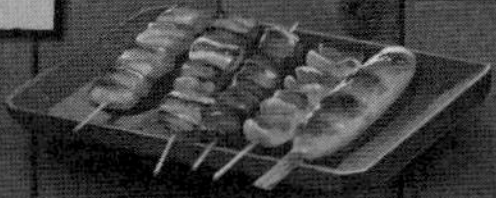

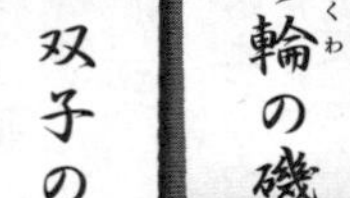

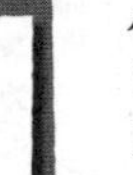

仕事帰りのヤキトリ

異世界居酒屋
isekai izakaya "NOBU"

とにかく、喉《のど》が渇いていた。

滴《したた》り落ちる汗を腕で拭《ぬぐ》う。夏の夕暮れはどうしてこうも喉が渇くのだろう。

仕事帰りともなればなおさらだ。

夕陽に染まる家路を足早に歩きながら、マルセルは今日の夕食と晩酌《ばんしゃく》の肴《さかな》に想いを馳《は》せていた。

恐妻家のマルセルだが、妻の手料理は文句なしに愛している。

早く家に帰ってエールを一杯ひっかけたい。

古都《アイテーリア》の最高責任者である市参事会議長といえども、仕事が終われば心ゆくまでエールを楽しみたいと思うものだ。

このところ、市参事会はとても忙しい。

元々が高齢で細身のマルセルがさらに小さくなったようだと言われるくらいに疲れている。

多忙のせいで深夜まで帰れず、晩酌もできない日さえあった。

疲れているが、身を引くつもりはない。

なりたくて引き受けた議長ではないが、なってしまったからにはきちんと職務はこなす。それがマルセルの生き方だ。

しかし覚悟していたこととはいえ、夏の夜に酒で喉を潤《うるお》すこともできないとなると、これはなかなか厳しいものがある。

日頃の憂さを晴らすべく全力で仕事を早く切り上げた今日こそは、家でエールを堪能するのだ。

肴は何がいいだろう。

腸詰《ヴルスト》のいいのがあったはずだから、あれを炙《あぶ》るか。

それとも途中で肉屋に寄って山鳥のもも肉《にく》でも買って帰った方がいいだろうか。

密《ひそ》やかな野望を胸に歩いていたマルセルは、ふとあることに気が付いた。

「……今日は家に誰もいない日じゃなかったか」

思い返してみると出掛けに妻がそんなことを言っていたような気がする。

確か娘夫婦の招待を受けたから一緒に行かないか、という話だったはずだ。今日は会議があるから帰りが遅くなると断ったのは、自分だったではないか。

「しくじったな」

娘夫婦の家は隣の街にある。

妻は泊まってくるだろう。長く雇っている女中も、今日は休みを取らせたはずだ。つまり家に帰ってもマルセル一人ということになる。

エールも腸詰もある。普段は邪魔にしか思わない妻の小言もない。

それなのに、どうしてこんなに寂しいのだろう。

「……そうだ、あの店に行ってみるか」

居酒屋ノブは古都の外れ、〈馬丁宿《ばていやど》〉通りに店を構えている。

なんとも変わった店だ。異国風の佇《たたず》まいは通りの中でも一際《ひときわ》異彩を放っている。

いつ頃からここにあるのか記憶がはっきりしないが、結構な繁盛店になっているようだ。

マルセルも人の招きで何度か訪れ、酒も料理も気に入っていた。

ただ、自分から積極的にノレンを潜《くぐ》ろうと思わないのは、ここに市参事会に名を連ねるお歴々《れきれき》も時々顔を出すと聞いていたからだ。

マルセルも市参事会に長く席を占めている古株だ。根回しの重要性は分かっている。

ただ、マルセルの考えでは根回しと癒着《ゆちゃく》は違うものだ。

前任者もそのまた前任者もその辺りは随分いい加減で、自分のことを臆病な正直者だと思っているマルセルからすると驚くようなことを平気でやっていた。

それと、酒を飲む時くらいは仕事を離れてゆっくり落ち着いて飲みたいという気持ちもある。

「いらっしゃいませ！」

「……らっしゃい」

引き戸を開けると気持ちのいい挨拶《あいさつ》が迎えてくれた。

店内がほどほどの混み具合なのはまだ時間が早いからだろう。幸い、見知った顔はいない。

促《うなが》されるままにカウンター席に腰を下ろすと、冷えたオシボリがさっと差し出される。

こういうさりげない気遣《きづか》いが嬉しい。

何より嬉しいのは、ここでは店員がマルセルを議長だからと特別扱いしないことだ。根が小市民のマルセルにはこういう雰囲気の方が性《しょう》に合っている。

「お久しぶりです、マルセルさん。ご注文は何になさいますか？」

シノブという給仕に尋《たず》ねられ、ひとまず名物のトリアエズナマを頼む。

さて、肴はどうするか。

ここは不思議な店だ。他では食べられないようなものも出てくるから注文の仕方にいつも迷う。

暑気を乗り切るためにガツンと重いものを選ぶという手もあるが、胃がもたれると厄介だ。

年のせいか、脂身《あぶらみ》たっぷりの肉を食べると翌日すっきりしないことが増えてきている。

そうかといって軽く済ませるという気分でもない。

「……鳥、という手もあるな」

今日の会議でも誰かが山鳥の巣立ちがどうのこうのと言っていた。

身の硬いばかりの廃鶏《はいけい》は御免蒙《ごめんこうむ》るが、確か居酒屋ノブでは若鶏も食べられると評判のはずだ。

「シノブちゃん、今日は鳥を食べたいんだが」

「それはちょうどよかったです。今日は焼き鳥を仕込んでるんです」

ヤキトリとはまた耳慣れない料理名が飛び出してきた。だがここはタイショーを信じることにしよう。味付けは塩とタレがあるらしい。

「ではそのヤキトリというのを貰《もら》おうか。味付けは塩で」

はい、畏《かしこ》まりました、とシノブが元気よく応じる。

ほどなくして、オトーシのエダマメとトリアエズナマが運ばれてきた。

その黄金色の液体を前に、思わず生唾《なまつば》を飲む。

夏の盛りの仕事帰りに飲む一杯。値千金《あたいせんきん》の至高にして究極の飲み物だ。

特にこの居酒屋ノブのトリアエズナマは、透明な硝子《ガラス》ジョッキが汗をかくほどに冷やしてある。

気持ちを落ち着け、ジョッキに口をつける。

ぐびり。

ぐびり、ぐびり、ぐびり。

ああ、堪《たま》らない。ほろ苦い黄金色の液体が渇いた喉を流れ落ちていく。

この一杯のために生きている、というとさすがに大袈裟《おおげさ》だろうか。本当にそんな気がしてくるから不思議だ。

塩気の利いたエダマメも、トリアエズナマによく合う。

ぐびりぐびりとやっていると、あっという間にジョッキの中身が減ってしまった。

いけない。飲む速さを加減する必要がある。

若い頃はともかく、今では美味しく飲めるのは三杯くらいが限度になった。

料理に合わせて適切な飲み方を組み立てる。それがマルセル流の酒場を楽しむやり方だ。

ちょうど料理が欲しくなったタイミングで、給仕のリオンティーヌが皿を運んでくる。

「お待たせしました！　ヤキトリの盛り合わせだよ」

なるほど。

ヤキトリというのは串に刺して焼いた鶏肉のことだった。

五本の串についている肉の部位と名前をリオンティーヌが教えてくる。

ちょっと拍子抜けしなかったと言えば、嘘になるだろう。

この辺りでは鶏肉を串焼きにする料理はないが、居酒屋ノブならもっと変わったものが出てくるのではないかという期待もあったのだ。

ただ同時に、これはこれで嬉しいと思っているマルセルもいる。

古都のような規模の市参事会の議長ともなると渉外で貴族や豪商との会食も多い。

やれ何々のソースがどうの、何々風《たぐ》がどうのという凝った肉料理には食傷気味だ。

このヤキトリ、素材の味で勝負する類いの料理のようだから、その点は大いに好感が持てる。

それにこれなら翌日胃がもたれることもなさそうだ。

正直、鶏むね肉のニンニクステーキ《クノーブラウホ》でも出てきたら持て余しただろう。

貧乏性のマルセルにとっては料理を残すなんてもっての外《ほか》だが、串焼きなら好きなだけ食べて適当なところで注文を止めればいいのだ。

それに、香りがよい。

じうじうという音と肉の香りが食欲をそそり、胃の腑《ふ》を締め付ける。
皿に盛られた五本はどの串も美味そうだ。
「それでは、いただきます」
考えてみれば久しぶりに食べる鶏肉だった。期待に手をこすり合わせ、まずは一本。
もも肉からだ。
「ふむ」
一口食べてにんまりと笑みがこぼれる。
柔らかい。ただ柔らかいだけでなく、しっかりと美味い。
脂と肉汁《にくじゅう》がじわりと口の中に広がるのは皮も一緒に焼いているからだろうか。
いい。
こういう味でいい。いや、こういう味がいい。
ナイフだフォークだと面倒がないのも嬉しいところだ。豪快に串から食べるのは、
美味しいだけでなく楽しい。
これがまたトリアエズナマとよく合うのだ。
程よい苦みが口の中をさっぱりと洗い流してくれるのは、食べる愉悦《ゆえつ》だ。
慌てて二杯目を注文し、次の串に取り掛かる。
お次はネギマだ。

鶏肉の間に葱《ねぎ》を挟んでいるのだが、これもいい。

葱の香ばしさと甘み。鶏肉の脂との取り合わせが絶妙なのだ。

ネギマばかり食べていたいと思うのだが、そういうわけにもいかない。

次はハツ。心臓だ。

部位を聞いた時に血なまぐさいのではないかと思ったが、そんなことはまったくない。

串二本で、ジョッキが空《から》になった。

すぐに手を挙げて次の一杯を注文する。ここからは慎重に飲み進めなければならない。エールは一日三杯まで。自分に決まりを課すことは大切だ。

だが、しかし。

次に手を伸ばした皮に、マルセルはすっかり虜《とりこ》になってしまった。

パリパリに焼き上げられた皮から滲《にじ》み出る脂と、それを洗い流すトリアエズナマ！

ただ焼いただけの鶏肉がここまで美味いものだとは思わなかった。

凝った料理もいいが、こういう一見簡素な料理もいいものだ。

刻んだ軟骨を練りこんだツクネを食べながら、マルセルは次のヤキトリを注文していた。

お任せでまた五本。

皮だけは入れてくれと注文した。あれはよいものだ。

ボンジリ、レバー、ササミにスナギモ。

色々あって、色々美味い。

三周目は気に入ったものから、もも肉、ネギマ、スナギモを選ぶことにした。皮を二本頼むのは忘れない。

串が進めばトリアエズナマも進む。

一日三杯の誓いはどこへやら、既にジョッキで五杯目だ。

量を過ごしたのは久しぶりだから、ほろ酔い加減が心地よい。

トリアエズナマの泡が日々の疲れまでしゅわしゅわと溶かしてゆくかのようだ。

美味い肴に、美味い酒。

こういう時間が持てるなら、日々の苦労も報《むく》われるというものだ。

それにしてもこのヤキトリというのは美味かった。

妻に頼んで作ってもらおうか。材料は鶏肉と葱だけだし串くらいならどこでも手に入るだろう。

それとも単純に見えて意外に難しいものなのだろうか。

前にこの店で出された料理と似たものを妻に作ってもらおうとしたら豪《えら》く手間がかかると怒られたことがある。

三流の店はどれだけ手間をかけたか喧伝《けんでん》するものだ。

しかし、この店はむしろ手間をかけたことを隠して客が気付きもしないことに喜びを見出《みいだ》しているようだと、付き合いのある吟遊《ぎんゆう》詩人が言っていた。

奥ゆかしい、とでも言えばいいのだろうか。

どれだけ丁寧《ていねい》に仕事をしたのかは皆に言えばよいとマルセルは思っているが、誇りの持ち方は人それぞれだ。

人の誇りと趣味には、口を出さない。

それがマルセルの処世術だ。

いずれにしても、味を覚えるためにもう一度食べに来る必要があるだろう。

もちろん、妻も一緒だ。

その時は塩ではなくタレとやらも試してみるつもりだ。

最後のもも肉を食べながら考える。

素材の味で勝負するヤキトリがこれほど美味いのは、鶏が若いからだろう。

マルセルも指折り数えてみればもう六十一。普通なら隠居していてもおかしくない歳だ。

引退を考えたことはないが、若さに押される局面が増えたと感じることもある。

「マルセルさん、ヤキトリがお気に召したなら、こちらもいかがですか?」

そう言ってシノブが差し出した皿には表面を軽く炙った鶏肉の薄切りが盛られていた。

「これは？」

「親鳥のたたきです」

親鳥のタタキ。タタキというのはこの表面を炙る料理のことだろうか。

以前、薬屋のイングリドがカツオのタタキを絶賛していたことをふと思い出す。

勧められるままに、一切れ食べた。

ヤキトリとはまた違った鶏の旨味に驚かされる。

思ったよりもしっかりとした歯ごたえと味わいだ。

理由にはすぐに思い当たった。これが親鳥だからに違いない。

古都で出回る鶏肉のほとんどは、こうした親鳥だ。卵を産まなくなった鶏だから廃鶏なんて呼ぶこともある。

普通に煮ても焼いても食べにくい。歯ごたえと言うには硬すぎるので人気がなく、マルセルも敬遠していた。

だが、改めて食べてみるとこれがなかなか美味い。

噛めば噛むほど味が出る、という奴だ。

若鶏の肉汁溢れる美味さも素晴らしかったが、親鳥は親鳥で違った美味さがある。

マルセルにはこちらの味の方がしっくりきた。

「シノブちゃん」

「はい、ご注文ですか」

トリアエズナマをもう一杯。

そう言いかけて、マルセルは止めた。

さすがに六杯も飲んでしまうと明日の仕事に差し障《さわ》る。

それに、これ以上飲んでしまえば今の心地よさは去ってしまうに違いない。

深酒を楽しめる若さはいつの間にか失ってしまったが、代わりに節度ある酒を楽しめる分別《ふんべつ》を手に入れたのだ。

「いや、お会計を頼むよ」

分かりました、と返事するシノブの声に満足げに頷《うなず》く。

そうだ。これでいい。

明日も朝から市参事会の仕事がある。

水路の開鑿《かいさく》工事も一部でははじまっているから、市参事会はますます忙しくなるはずだ。

二日酔いの醜態をさらせば、どんな難癖をつけられるか分かったものではない。

「まだまだ若鶏には負けていられん、か」

支払いを済ませ、マルセルは店を出た。
空には大小二つの月が並んでいる。日はとっぷり沈んでいるが、まだ暑い。
〈馬丁宿〉通りを、鼻歌交じりに歩く。
店に来た時よりも、心なしか背筋が伸びているような気がした。

ある宿屋店員の初恋

異世界居酒屋 のぶ

　何だか妙なことになってしまった。

　隣の席で酒と肴に舌鼓《したつづみ》を打つパトリツィアは、さっきからシモンの方を見向きもしない。

　カウンター席でジョッキのエールをちびりちびりと舐《な》めながら、シモンは何故こんなことになってしまったのかを思い返している。

　そもそもの発端は、シモンの勤める宿の客がちょっとびっくりするくらいに駄賃を弾んでくれたことだった。

〈四翼《しょく》の獅子《しし》〉亭と言えば古都で一番と評判の宿で、やんごとない身分の方もしばしば投宿される。

　それでも今日のように気前のいい客は六つの歳から十四年勤めるシモンの記憶でもはじめてだ。

　なんとも不思議な客だった。

身なりのいい老人で、少し西の方の訛《なま》りがある。

どこかの街の織物問屋の御隠居《ごいんきょ》だというが、本当のところはどうだろうか。

御付きの人たちと一緒に宿に籠《こ》もって日がな一日九柱戯《リップ・ヴァン》とかいう遊びに興じている。

九本の瓶を並べてそこに球を投げて倒す遊びなのだが、シモンは倒れた瓶を並べ直す係だ。こんな作業、子供にだってできるだろう。

それだけで銀貨を何枚もくれるのだからどうかしている。

とはいえ、シモンにとっては怪しげな老人でも単なる客だ。駄賃さえ貰えれば織物問屋の隠居だろうと何処かの大貴族だろうと豪商だろうと関係ない。

後ろ暗い金かなとほんの少し不安になったが、貰ってしまえばこっちの金だ。

使い途《みち》は決まっている。

幼馴染《おさななじみ》のパトリツィアだ。

同じ宿に同郷のパトリツィアが女中見習いとして勤めに来たのはほんの一月ほど前のことだった。

奇蹟のような偶然だと思ったが、そういうことでもないらしい。

シモンが〈四翼の獅子《カルトッフェル》〉亭を紹介してもらったのと同じ伝手《つて》を使ったのだという。

さすがは馬鈴薯と物持ちのよさだけが取り柄《え》の田舎だ。人脈も使い回す。

偶然だろうが必然だろうがシモンにはそんなことは関係ない。

もう会えないと思っていたパトリツィアが手の届くところにいるのだから、声をかけないというのは大莫迦者《おおばかもの》のすることだ。

駄賃のお陰で懐《ふところ》も少し温かい。

古都に来たばかりでこちらのこともあまり分かっていないだろうし、旧交を温めながらエールでも一杯ひっかけようとパトリツィアを誘ったのが昨日。

上手くいくか不安だったが、返事は意外にも「喜んで」だった。

これは脈があるのではないか。ここでいいところを見せなければと思ったのだが。

「リオンティーヌさん、次のお酒もお願いします！」

「はいよ！　お客さん、いい飲みっぷりだね！」

田舎から出てきたばかりのお上りさんであるはずのパトリツィアは、頬を上気させながら酒や肴を次々と頼む。

最初は少し悩んだり考えたりもしていたのだが、何せ知らない酒と食べ物ばかりだ。食べ物はともかく、酒の方はリオンティーヌとかいう給仕にお任せになっていた。

頼めば頼んだだけ違う銘柄の酒が出てくる。

さすがに酒場に勤めている給仕だからだろうか、酒の選び方はしっかりとしていた。

パトリツィアが気に入ったのはレーシュという酒だ。

透明な酒だが火酒《ヴァサー》ではないらしい。

子どもの頃から人見知りをしない性質だったが、まさかこれほどまでとは思わなかった。

シモンの予定は大きく狂わされている。

古都の勝手が分からないパトリツィアに優しく酒や料理を注文してやり、成長したシモンの男ぶりを見せつけてやるはずだったというのに。

店選びも反省材料だ。

面白い料理を出す店だという噂は前々から聞いていた。パトリツィアを誘うならここだろうと目星をつけている店の一つだったのだ。

だからこの居酒屋ノブを選んだのだが、結果としてこれがよくなかった。

確かに見たことも聞いたこともない品書きが並んでいる。ただ、そのせいでシモンの方がどうすればいいのか勝手が分からないというのはまったく予想外だ。

それどころか逆にパトリツィアに注文してもらうというあべこべなことにもなっていた。計算違いもここまでくるとちょっとした奇跡だ。

「リオンティーヌさん、このタルへイっていうお酒、木の香りがします！」

「そこに気が付くとはお客さん、なかなかやるね。じゃあ、お次はこっちを試してみるっていうのはどうだい？」

隣に座るパトリツィアを横目で見つめる。

少しくすんだ金髪に真っ白な肌。

なんにでも興味を持つ大きな瞳は変わらないが、背はずいぶんと高くなった。

シモンが髪を梳《す》いてやった幼馴染の彼女とは、もうまるで別人だ。

小さい頃はチビだなんだと馬鹿にしていたのが、よくもまぁここまで育ったものだと感心する。

それにしてもパトリツィアは美味そうにものを食べる。

昔はもっと少食だと思ったが、今はそれも克服したらしい。一口一口味わっては目を輝かせる姿は、見ているこっちまで幸せになる。

サシミ、タコワサ、ダシマキタマゴ。

カラアゲは塩とショウユの二人前にニコミとサバヘシコ。

細い身体のどこに入るのか、店に来てからパトリツィアはずっと食べ続けの飲み続けだ。

シモンも負けじとフォークを伸ばすが、なるほど確かに味はよい。

正直に言えば、店に入ってすぐはこの店もハズレかと疑っていたのだ。

理由は簡単。

壁に貼られた品書きにウナギやオジヤ、オデンの文字が躍《おど》っていたからだ。

いったいどこの店がはじめたのだろうか。

発祥がどこかシモンは知らないが、どれも古都で去年の暮れ頃から流行った料理だ。

何軒か食べ歩いてみたが、味の当たり外れの落差がひどかった。

一度はウナギとは名ばかりの得体の知れない蛇の煮つけのようなものを食べさせられて体調を崩したので、それ以来品書きにウナギのある店は疑ってかかることにしているのだ。

名前だけ真似をする見栄張りの店に碌《ろく》なところはないと相場で決まっている。

だからこの店も、と思ったのだが意外な掘り出し物だった。

特にこのカラアゲというのがいい。

サクッと揚がった衣を齧《かじ》ると中からじわりと肉汁が溢れてくる。

美味い。

ニンニク《クノーブラウホ》がガツンと効いているから気付きにくいが、臭みを取るのも忘れていないようだ。こういうひと手間が嬉しい。

腕のある料理人だろうに、どうしてこんな居酒屋に勤めているのだろうか。

〈四翼の獅子〉亭の料理がこの世で一番美味いと信じているシモンだが、このカラアゲは認めてやるに吝《やぶさ》かではない。

この味が出せるなら、古都でももっと立派な通りに店を出せるだろうに。

しかし、ここの払いはどれくらいになるのだろう。

入口は見事な硝子《ガラス》を使った引き戸だし、内装にも金がかかっている。

仮に相場通りだったとしても、パトリツィアのこの食べっぷりだ。

それにしてもこのパトリツィア、恐ろしく美味そうに食べる。

見ているこちらが惚《ほ》れ惚《ぼ》れとする食べっぷりだ。

チクワのイソベアゲに豪快に齧り付き、レーシュを呷《あお》る。

いつまでも見ていたいくらいだが、問題は支払いだ。

駄賃のお陰で懐には余裕があると思っていたシモンだが、この食いっぷりを見せられると懐具合がだんだん不安になってくる。

「こちらのお嬢さんは随分と健啖だね。食べ方も見ていて気持ちがいい」

パトリツィアの向こう側に座る老人が気安く話しかけてきた。

〈四翼の獅子〉亭にも時々泊まりに来るクローヴィンケルとかいう吟遊詩人に似ている気もする。

さすがに他人の空似だろう。有名人がこんな通りの酒場で飲んでいるはずがない。

シモンは無言でジョッキを置き、老人の方をじっと見つめた。精一杯、睨んでいるつもりだ。

パトリツィアはどう思っているか知らないが、シモンの方では今日はデートのつもりだった。邪魔してもらっては困る。

だが老人の方は特に気にした様子もない。却《かえ》って微笑み返されてしまった。

「ところでお嬢さん、その食べっぷり飲みっぷりに敬意を表して、ここの払いは私が持たせてもらいたいのだが、如何《いかが》かな？」

クローヴィンケル似の老人がとんでもないことを言い出した。

奢《おご》る奢られるは古都の酒場ではよくあることだ。

いつもならシモンも喜んで受ける。

だが、今日だけはパトリツィアにいいところを見せたい。

断ろうと口を開いたシモンの機先を制するようにパトリツィアが答える。

「いいんですか？」

「もちろんだとも」

カウンターの下で拳《こぶし》を握り、シモンは歯噛みした。

ここで断ってパトリツィアにかっこいいところを見せてやりたい。

しかし、問題は懐具合だ。

パトリツィアはまだまだ食べそうだから、このままだと確実に支払いが危うくなる。

リオンティーヌという女給にこの店はツケが利くのかこっそり尋ねようとしていた矢先にこの申し出だ。実を言えば、ありがたいとさえ思っている。

男の矜持《きょうじ》か、それとも財布か。

二つの気持ちが鬩《せめ》ぎ合うが、答えは決まっている。

ここで断って支払いの銀貨が足りないというのが一番無様《ぶざま》で恰好悪いのだ。

苦渋《くじゅう》の選択と言うよりほかない。

ありがとうございます、と礼を言おうとしたところで、老人がしまったという表情になる。

「失敬、先に彼氏君に意思を確認するべきだったな」

彼氏君、という言葉に思わず噎《む》せ返った。エールが気管に入ったのだ。

それは、確かにいつかはパトリツィアと付き合いたいと思っている。

今日誘ったのも長く離れていた時間を埋め合わせて二人の仲を回復させようという目論見《もくろみ》があったからだ。

しかし今はまだ彼氏彼女というわけではない。

弁解しようとしたところで、パトリツィアが老人の背中をバンバンと叩いた。

酔っているのか顔が赤い。

「いやだなぁ、お爺《じい》さん。シモン先輩と私はそんなんじゃありませんよ」

その一言は、思ったよりも堪《こた》えた。

告白をしたわけではないし、パトリツィア自身の想いを確かめたわけでもない。それでも脈があるのではないかという淡い期待は今の今まで持ち続けていたのだ。

それが、こうも明確に否定されてしまうと立つ瀬がない。

立つ瀬はないが、ここで不機嫌にでもなれば自分を許すことができなくなる。女にちょっと関係を否定されたくらいで態度を変えてしまうような小人物に、シモンはなりたくはなかった。

そんなことになったら、あまりにも惨め過ぎる。

考え方を変えるのだ。

パトリツィアの言うそんなんじゃないという関係はあくまでも現段階でのこと。将来どうなるかまでは含んでいない。

奇蹟的に職場も同じなのだから、彼女に想いを打ち明ける機会もその先を育《はぐく》む時間もたっぷりあるはずだ。

ここで挫折《ざせつ》しては男が廃《すた》る。

さあここから失地回復、名誉挽回、汚名を雪《すす》ぐ時だと口を開こうとしたシモンに、パトリツィアが追い討ちをかけた。

「だって……シモン先輩は、従兄《いとこ》のお兄さんみたいな人ですから」

シモンの中で、何かの崩れる音がする。

まさか、そんな風に見られていたとは。従兄のような、ということは結婚どころか恋愛の対象ではないということではあるまいか。

確かにシモンは子供の頃からパトリツィアのことは実の妹のように大切に扱ってきた。しかしそれは仄《ほの》かな恋愛感情があったればこそだ。

まさかそれがここにきて裏目に出るとは思ってもみなかった。

カウンターの下で握りしめる拳に、じっとりと汗が滲む。

気持ちが通じていないのではないかと心配していたが、兄のように愛《め》で慈《いつく》しむ心だけはしっかりと伝わっていたというのだから、これ以上の皮肉はない。

駄賃が入ったからと、変に恰好を付けるべきではなかった。

今日は失敗だった。

隣で俯《うつむ》きながら酒を飲み続けるパトリツィアに対して、申し訳ないという気持ちが湧《わ》き上がってくる。

せっかく誘いに応じてくれたのだから、もっといい夜を楽しんで欲しかった。

自分はどこで間違ったのだろうと反省しつつ、この場を立て直さなければと悪足掻《わるあが》きもする。

何か声を掛けようとするのだが、何と声を掛ければよいのか分からない。

焦《あせ》りが胸の中で大きくなり、肺を圧迫しているという感覚だけがある。

逃げ出したい。

だが、逃げ出すわけにはいかない。

失地回復し、態勢を立て直す。そのための切っ掛けは、何かないか。

先程から見慣れぬ酒を舐めていたクローヴィンケル似の老人が、リオンティーヌに何か耳打ちをするのが見えた。

何やら楽しげに頷いたリオンティーヌが、小ぶりなグラスに老人が舐めているのと同じ、琥珀《こはく》色の液体を注いで持ってきてくれる。

ジョッキと同じく透明な硝子で作られた小さなグラスは、普段シモンが湯冷ましを呑む湯呑みの半分くらいの大きさしかない。

浮いているのは、なんと氷だ。

老人なりの慰《なぐさ》めのつもりだろうか。

つくづくお節介な老人だと呆《あき》れるが、今は酔ってしまいたいのも事実だ。

もう抗《あらが》うこともせずに、シモンはその小さなグラスに注がれた琥珀色の液体に口を付けた。

濃い。

そして、香りが良い。

喉を焼くように強い酒精が、シモンの目を覚まさせる。

男の矜持でなんとか噎せ返らずに飲み込み、口元を拭った。

食道から胃の腑まで、焼けるように熱い。

「強いだろう。ウイスキーという酒だ」

同じものを舐めるように飲みながら、老人は口元だけで笑った。

火酒《ヴァサー》とはまた違った強さがある。

古都で暮らして十四年になるシモンも、こんなものを飲むのは初めてのことだった。

「醸《かも》した麦を更に蒸留した酒だな。連合王国《ケルティア》の西で飲まれているという話は聞いていたが、ここで飲めるとは思わなかった」

連合王国といえば、帝国よりも更に西、海の向こうにある国だという。

古都でさえシモンとパトリツィアの故郷から見れば随分と西の方だが、想像の範疇《はんちゅう》を遥かに超えている。

西の果て。シモンにとっては太陽が沈む場所だという印象しかない。

夕陽の沈む場所で醸された酒。

そう考えてみると、琥珀色の液体に夕陽が溶け込んでいるように見えてくる。

「念願叶って飲めたのでね。君たちにも御裾《おすそ》分けだ」

君たち、という言葉にパトリツィアの方を見ると、少し顔を伏せながら、大きな目をさらに大きくしてちびちびと舐めている。

さすがに飲み過ぎたのか、頬はさっきよりも赤い。

もう一口、舐める。

一口目では濃さに驚くだけだったが、味わって飲むと鼻腔《びこう》を抜けていく馥郁《ふくいく》とした香りがなんとも堪らない。

さっきまでの情けない気持ちも、いつしか蕩《とろ》けるように消えていく。

穏やかな時間。美味い料理。そして、隣にはパトリツィア。

恋人でなくても、これはこれで幸せな時間なのかもしれない。

さてと、と呟《つぶや》き、老人が椅子から立ち上がった。

「タイショー、今日は珍しい酒を飲ませてもらった。ありがとう」

本当は諸国の酒を飲んで歩きたいと思っているんだが、寄る年波を理由になかなか旅立てないままにいるんだ、と老人は自嘲《じちょう》した笑みを浮かべる。

「人間、何かをしない理由を作ることにかけては天才的な力を発揮するからね。今日ここでウイスキーに出会えたのは、何かのきっかけになるかもしれない」

そう言って差し出したのは、帝国金貨だ。泪滴型銀貨《トロプフェン》の三十枚分の値打ちがある。

シモン自身、大口客が大事そうに革袋に仕舞うのを見たことがあるだけで、実際に触ったことはない。

居酒屋ノブの支払いがどれくらいのものかはシモンには見当もつかないが、明らかに過大だということだけは分かる。

「ちょっと、クローヴィンケルさん。これはいくらなんでも貰い過ぎだよ」

リオンティーヌがそう言うと、既に引き戸を開けて夜の路地へと足を踏み出していたクローヴィンケルが振り返った。

「それは私からの感謝の気持ちだよ」

貰い過ぎというなら、今いる客の支払いに充ててくれたらいいさ、と言いながら、背中越しに片手を振って去っていく。

シモンもパトリツィアも、カウンターに座ったまま呆気《あっけ》に取られてその背中を見送ることしかできなかった。


「世の中、お金ってあるところにはあるものなんだな……」

「……うん、そうだね」

〈四翼の獅子〉亭へと帰る道を、シモンとパトリツィアは連れ立ってゆっくりと歩いていく。

心地よい酩酊《めいてい》が、二人の歩みを遅くさせていた。

双月は夫婦のように、古都の夜を優しく照らし出している。

「今日の店、なかなか美味かったな」

「……うん、そうだね」

宵闇《よいやみ》に紛《まぎ》れ、隣を歩くパトリツィアの表情は窺《うかが》えない。

「また来てもいいかもな」

「……う、うん、喜んで！」

よほど居酒屋ノブの料理が気に入ったのだろう。上《うわ》の空で返事していたと思ったのだが、パトリツィアは思わぬ勢いで食いついてきた。

今日は焦り過ぎた。

性急な兎《うさぎ》より、着実な亀になれ。

これから、じっくりとパトリツィアに想いを伝えていこう。

「今度は誰か別の奴も誘ってみるか？」

「あ、いや、それはどうかな。こういう小さいお店だし、一応、〈四翼の獅子〉亭の商売敵《がたき》でもあるんだし、やっぱりこのお店はシモン先輩と二人の秘密にした方がいいっていうか……」

珍しく捲《まく》し立てるパトリツィアにシモンは気圧《けお》されたが、言われてみればそういうものかもしれない。確かに居酒屋ノブは〈四翼の獅子〉亭の商売敵だ。

口さがない連中は、こういう店ができたから〈四翼の獅子〉亭が落ち目になったと噂していると聞いたこともある。

「それもそうだな。また、二人で来よう」

「うん、それがいいと思う！」

今度はちゃんと値段を調べてから来よう。

仕事を頑張れば、正規の給料以外にもちょっとした小遣いを貰うこともできる。

お金を貯めて、今度は胸を張ってパトリツィアをこの店に連れてくるのだ。

そんなことを考えながら歩くシモンは、知らなかった。

パトリツィアの父親は、彼女の母親にとって従兄に当たるということ。

そして、パトリツィアは両親のような幸せな家庭を築きたいと思っているということを。

若旦那と馬鈴薯《カルトッフェル》

「……アルヌ様、自棄《やけ》食いは身体に毒です」

「イーサク、違うぞ。これは自棄食いじゃない。英気を養《やしな》っているんだ」

そう応えながら小エビのカキアゲをバリバリと頬張《ほおば》るアルヌは、明らかに食べ過ぎだった。

開店と同時にノブのノレンを潜ってから、サクヌッセンブルク侯爵家のこの歳若き当主はもうずっとテンプラを食べ続けている。

元々が健啖家《けんたんか》で知られるアルヌが無茶な食べ方をするのだから、その平らげる量ときたらちょっとしたものだ。盛られる端《はし》から口の中へと消えていくので、相伴《しょうばん》しているイーサクでさえ、今日のアルヌの胃袋にどれだけの量のテンプラが収まっているのかを正確には把握できていない。

厨房《ちゅうぼう》の主であるタイショーは慌てることもなく淡々とテンプラを揚げ続けているが、周りの客は慄《おのの》きながら遠巻きに眺《なが》めている。

「タイショー、もう三人前追加だ」

「アルヌ様！」

思わず声を荒らげるイーサクの声も聞こえぬように、アルヌはシュンギクのテンプラを頬張った。

過食の原因は分かっている。

馬鈴薯《カルトッフェル》、だ。

先々代のサクヌッセンブルク侯爵、つまりアルヌの大伯父《おおおじ》に当たる人物は紛れもない天才であった。

筋骨逞《たくま》しく武勇に優れ、剣を執《と》れば三国一、馬上に槍《やり》を執っても向かうところ敵なし。弓を射れば百歩先の的を狙って外すことがなく、戦《いくさ》となれば全軍の先頭を駆ける比類なき猛将。

かと思えば、歌舞《かぶ》音曲《おんぎょく》にも秀《ひい》でていた。

歌を歌えばその朗々とした歌声に吟遊詩人が赤面して教えを乞うほどであり、弾きこなす楽器は両の手指で足りぬほど。しかもそのいずれも名人級というから凄まじい。才能は書画にも及び、手遊《てすさ》びに描いた絵が今でもさる聖堂に納められているというほどである。

多才、という言葉に肉体を与えれば、きっと彼のような人物になるはずだ。

古くから続く名家としてのサクヌッセンブルク侯爵家の家名を広く世に知らしめた中興《ちゅうこう》の功績は、まさに彼のお陰と言うより外《ほか》ない。

ただ、残念なことに統治の才だけがなかった。

多岐に亘《わた》る趣味に掛かる費《つい》えを賄《まかな》うために累代《るいだい》の家産を食い潰し、収益の出る事業は目端《めはし》の利く商人に借金の形《かた》に奪い取られ、税も幾分重くせざるを得なかったという。

放漫経営を続けた先々代が流行《はや》り病《やまい》でぽっくり亡くなった時、侯爵家の抱える借財の規模は目を覆うばかりだった。跡を継いだアルヌの父は思わず出家して僧になろうとしたほどである。

しかし、そこはそれ。

アルヌの父も剛腕で知られる名君《めいくん》であり、その長い統治の間に伯父から引き継いだ負債を何とか人並みの額に圧縮するという離れ業《わざ》を見せた。

そのせいで借りを作ったり恨《うら》みも買ったりもしたが、アルヌは比較的よい状態の帳簿を元に侯爵としての仕事をはじめられるようになったのである。

「イーサク、このレンコンのテンプラ、シャクリとしていながらほっこりとしていて美味いぞ」

「居酒屋ノブのテンプラが美味なのは私も重々承知しております。ですが、この量は少し度を過ごしております」

「分かっている。もう少しだけだ」

領地を発展させ、民に今より豊かな暮らしをさせる。

その誓いを胸に侯爵の位を襲爵《しゅうしゃく》したアルヌだが、現状はあまり捗々《はかばか》しくなかった。

古都《アイテーリア》周辺の広大な面積を占めるサクヌッセンブルク侯爵領の大部分は、決して肥沃《ひよく》な土地とは言えない。

豊かな土地とはつまり、小麦のたくさん実る土地だ。

換金しやすい小麦を豊富に収穫できる土地とここでは、統治の勝手が少し違う。

農民の多くは税のための小麦と、自分たちが食べるための大麦や馬鈴薯、豆の類いを作り分け、それで何とか暮らしているという。

食うために馬鈴薯を作り続けているだけでは、いつまでも領民は貧しいままだ。

領民が貧しければそこから税を納める貴族もまた、手元不如意《ふにょい》の状態を脱することができない。

アルヌもイーサクもそれを何とかしたいと思っている。

領地の民が大麦の薄い粥《かゆ》と潰した馬鈴薯しか食べられないのなら、領主になった意味がない。

そのためには、馬鈴薯をどうにかするしかないというのが二人の考えだった。

「いっそ、タイショーに知恵を貸していただくというのは」

「それは私も考えた。だがこれはやはり私たちで解決すべき問題だと思う」

小麦の収穫量を増やすのではなく、馬鈴薯の価値を高める。

馬鈴薯を金に換えることができるようになれば領民も潤う。そうなれば、少しなりとも民の暮らしは上向くに違いない。

何よりも、アルヌもイーサクも馬鈴薯に飽き飽きしているのだ。

侯爵になってからの渉外でアルヌは精力的に近隣の領邦《りょうほう》を巡《めぐ》っている。

その土地土地に伝わる伝統の料理に舌鼓を打ちながらの交渉は横で見ているイーサクにとっても興味深いが、一つだけ閉口することがあった。

馬鈴薯、馬鈴薯、馬鈴薯。

肉でも魚でも、必ず潰した馬鈴薯が山盛りになって添えられてくる。添えられるというのならまだ可愛い方で、馬鈴薯の山の麓《ふもと》に肉が申し訳なさそうに横たわっているという有り様の皿もあった。

毎日のように交渉事が続く現状では、自分たちが馬鈴薯でできているのではないかと錯覚に陥《おちい》りそうになる量だ。

サクヌッセンブルク侯爵家は北方出身の武門の家柄として、出された料理は残らずに平らげる家風を掲げている。当然、一の家臣として司厨長《しちゅうちょう》の要職を預かっているイーサクもそれに倣《なら》わねばならない。

馬鈴薯は嫌いではないが、これだけ食べ続ければ飽きてもくる。

毎日のように食べている領民にとっては、なおのことだろう。

「アルヌさん、天つゆに大根おろしはどうですか？　さっぱりしますよ」

シノブに勧められるまま、アルヌはツユにダイコンを擂《す》りおろしたものを入れる。

イーサクも試したことがあるが、たったこれだけのことで天ぷらの味わいが劇的に変わるのだ。

少し前から厨房に立つようになったハンスという若者が、ダイコンをおろしている。

鉋《かんな》で削ったかのように薄く皮を剥《む》き、流れるような手つきで作業を進めていく姿は、イーサクの目から見ても惚れ惚れとするほどだ。

よほどの鍛錬を己《おのれ》に課しているに違いない。

この分なら、意外に早くノブの支店を任されることになるのではないだろうか。

テンプラの揚がるカラカラという音が耳に心地よい。

アルヌの注文に合わせるため、タイショーはテンプラ鍋を二つ並べて使っている。

高温の油と、低温の油。

二つの鍋を使い分けることで、外はさっくり、中はふんわりとテンプラを仕上げることができるらしい。テンプラを行き来させることで、カラアゲの二度揚げのような効果もあるのだろう。

難しい顔をしながらも美味い美味いとギンナンのテンプラを串から食べていたアルヌの手が、ふと止まった。

「……そうか、揚げるか、揚げればいいんだ」

「揚げる、ですか」

馬鈴薯を揚げるという発想は料理に関心のある者なら誰でも一度は考えてみることだ。

サクッとした食感にホクっとした中身。

軽く塩を振ってやれば幾らでも食べられる。

イーサクも実際に調理してみたことはあるが、なかなか味がいい。特に肉料理の付け合わせとしての相性が素晴らしかったと記憶している。

潰した芋《いも》なら誰でも食べたことがあるが、揚げた芋なら確かに人目を引くに違いない。

馬鈴薯の調理法としてはとても優れているとは思うが、但し一つだけ大きな問題があった。

「それでアルヌ様、油はどうするのですか」

馬鈴薯にせよ、肉にせよ、揚げるためには油が要る。

油は、値の張るものだ。

バッケスホーフ商会が古都の流通を寡占《かせん》していた頃と比べると食用油の値段も随分と安くなったが、農民が普段使いできるような価格帯ではない。

古都の料理人であれば無理なく使える相場になってきている。ただ、それでいいのだろうか。

「しかし、農民が容易《たやす》く手を出せる額ではないでしょう」

料理人なら誰でも思いつく揚げ馬鈴薯が一般的にならないのは、単純に油の値段が高いからだ。

せっかく手に入れた油であれば、肉を焼いたり揚げたりする方に使いたいというのが人情というものだろう。

大身の貴族や僧侶、金を唸《うな》るほど持っている商人たちであればいざ知らず、一般の農民までが芋を揚げられるようになるとはイーサクにも思えない。

「何も農民が家で馬鈴薯を揚げる必要はないさ。古都のような都市部で消費されるようになれば、馬鈴薯に値が付くようになる。値が付けば商人が買い取りに来るはずだ。そうなれば農家が収入を得る方法ができるだろう？」

美味い馬鈴薯料理のために商人が郊外の農民から馬鈴薯を買う。

食うや食わずの農民が、僅《わず》かなりとも新たに収入を得る道を手に入れることになれば、彼らの生活を向上させることにも繋《つな》がるかもしれない。

「実現すれば、とてもよい案だと思います」

うむ、とアルヌが満足げに頷く。

「問題は、どのように揚げてやるか、だ」

少しでも気になることがあると早速手を付けてみないと落ち着かないのはサクヌッセンブルク侯爵家の血筋らしい。

客の少ないのをいいことに無理やり居酒屋ノブの厨房に入らせてもらい、イーサクが馬鈴薯を揚げてみることになった。

「本当にお手伝いしなくていいんですか？」

「はい、これは我々の仕事ですから。道具を貸していただき、ありがとうございます」

タイショーの申し出も断って、イーサクは馬鈴薯の皮を剥いていく。

「この包丁《ナイフ》、本当によく切れるな……」

手入れが行き届いているからか、居酒屋ノブの包丁はイーサクが厨房で使っているものよりも切れ味がいい。使い慣れない道具の扱いについてはハンスに手伝ってもらうことにして、さっそくと色々な料理を試してみる。

剥き方、切り方、衣の付け方、揚げ方。

揚げる前に水に浸すか、そのままか。

思いつく限りの方法をイーサクは試していく。

出来上がった揚げ馬鈴薯は、アルヌや他の客たちが試食をするという流れだ。

タイショーやシノブ、ハンスやリオンティーヌには助言を求めない。

アルヌにとっては、自分とイーサクとで思いついたという実績が欲しいのだろう。

先代からの重臣に囲まれながらの改革には、思った以上に気苦労も多い。

ここで一つ何かしらの成果を見せつけたいという主君の逸《はや》る気持ちが、イーサクには痛いほどよく分かる。そんなことで焦らずともいいと思うのだが、アルヌがしたいと思うことを叶えるのも臣下《しんか》たるイーサクの務めだ。

「……大ぶりな馬鈴薯を丸々揚げるのは止めておいた方がいいな」

真ん中に火の通っていない馬鈴薯を皿に吐き出しながら、アルヌが顔を顰《しか》める。

低温でじっくり揚げれば火を通すこともできるのだろうが、そのためにはかなりの油が必要になってしまう。

下茹《ゆ》でしてもいいが、手間が掛かり過ぎだ。

本命は細かく切った分ということになる。

「くし切りや細切りは……かなりいいな」

食べやすい大きさに切り、小麦粉をまぶして揚げた分に対する感想だ。

だが、塩味だから喉が渇く、と言ってアルヌは試食中だというのにリオンティーヌを呼んでトリアエズナマを注文しはじめた。

周りの客たちも、アルヌに続く。

サクサク。グビリ。

サクサク。グビリ。

トリアエズナマの肴として簡単に摘まめるから、イーサクが試作品を作るのを待っている間に食べるにはちょうどいいのかもしれない。

注文を取っているわけではないのだが、他の客たちも同じものをと頼んでくるので、イーサクとハンスは他の試作品と一緒に揚げていく。アルヌはもう二皿目に手を出していた。

居酒屋ノブにカラカラと馬鈴薯を揚げる音が響いている。

皮付き、皮なし、潰したものに衣をつけて揚げたもの。

考えてみれば馬鈴薯というのは実に多彩な調理が可能な食べ物だ。手伝いとして入ってくれたハンスも色々な方法を試してみてくれる。

サクサク。グビリ。

サクサク。グビリ。

「一度潰したものに衣をつけて揚げるのはなかなかいいな」

先ほど作ったくし切りの揚げ馬鈴薯を肴に、アルヌは悠々《ゆうゆう》とジョッキを空にしていく。

「アルヌ様、そのくし切りの分も随分とお気に召したようですが」

「ん、ああいや、確かに美味い。確かに美味いんだが、これだけでご馳走になるというほど素晴らしく美味い、というわけではないんだ。ないんだが……」

不思議だ、と呟きながら揚げ馬鈴薯をアルヌは摘まむ。

あれだけのテンプラを既に腹に収めているというのに、いったいどこに入るのだろうか。

サクサク。グビリ。

サクサク。グビリ。

呆れるイーサクの気持ちを知ってか知らずか、アルヌはひょいひょいと揚げ馬鈴薯を食べる。

試食してみると単なる馬鈴薯なのだが、確かに後引く味だ。

アルヌのしているように塩を軽く振ってみると、実にいい按配《あんばい》の味になった。

これならば、トリアエズナマにもよく合うだろう。

しかしアルヌも言うように、これだけでご馳走というほどではない。もう少し食べたいとは思うのだが、この一品では晩餐会《ばんさんかい》の一皿というのは難しいだろう。

イーサクは試作を続ける。だが、なかなかしっくりこない。

思いつく限りの方法を試し、馬鈴薯を揚げていく。

た。

「なぁイーサク」

何杯目になるか分からないジョッキを干しながら、アルヌが何か閃《ひらめ》いたように呟いた。

「アルヌ様、何か思いつかれましたか？」

「いや、ひょっとすると、これでいいのかも知れん」

これ、と言いながら、皿に残った揚げ馬鈴薯をひょいと摘まむ。

空になってしまった皿を見て、また同じものを揚げなくては、と無意識に考えている自分にイーサクは驚いた。

もう少し食べたい。

揚げ馬鈴薯に塩を振っただけのものなのに、異常に後を引く。

本当はさっきから、冷えたトリアエズナマが飲みたくてしょうがない。揚げ油の熱気のせいもあるが、喉がカラカラだった。

そこに適度に塩気のある揚げ馬鈴薯は、気付けば拷問《ごうもん》にも等しい力を持ってイーサクを責め立てている。

なるほど、アルヌの言う通りかもしれない。

今の自分たちが目指しているのは、馬鈴薯を食べたくなる工夫であって、究極の一皿や至高の料理を作り上げることではないのだ。

ふと気になって、イーサクは店の客たちに視線を巡らせた。

皆、美味そうに試作の揚げ馬鈴薯を食べ、トリアエズナマを呑み、談笑している。

これだ。これでいいんだ。

自分の作った料理でアルヌ以外の人間が笑顔になっているのを、イーサクは久しぶりに見たという気がする。

「それではアルヌ様、この揚げ馬鈴薯の名前は何と致しましょう？」

こういう場合、名前は重要だ。

ノブから広まったと言われているオーディン鍋も、名前が何となくありがたいからという理由でいつの間にか古都の庶民に広く親しまれるようになったとイーサクは聞いていた。

顎《あご》の辺りを揉みながら一頻《ひとしき》り考えて込んでいたアルヌが、パチリと指を鳴らした。

「そうだな……例えば、こういうのはどうだろう」

秋の古都に夜の帳《とばり》が静かに下りる。

帝国でも北に位置するこの古い街は、陽が沈めば秋でも随分と肌寒い。

こういう時には温かいスープでも飲んで寝てしまうに越したことはないのだが、このところの古都では密かな人気を集めている料理がある。

「シノブちゃん、〈やみつき馬鈴薯〉をこっちに一皿！」

「あ、こっちにももう二皿追加で！」

居酒屋ノブに注文の声が響いた。はいと応じる給仕の声が耳に心地よい。

若き侯爵が自ら考案したという肴、〈やみつき馬鈴薯〉は、瞬《また》く間に古都の呑兵衛《のんべえ》たちの知るところとなった。慣れ親しんだ馬鈴薯だが、揚げて塩を振るだけで実にいい肴になる。

まったく馴染みのない食べ物よりも、古都の住人に受けはよかった。

そういうわけで秋も深まろうという季節であるにも拘《かかわ》らず、居酒屋ノブにはよく冷えたトリアエズナマのジョッキを打ち鳴らす客が絶えない。

「タイショー、こっちに〈やみつき馬鈴薯〉をまとめて十皿だ！」

ジョッキを片手に上機嫌なのは、サクヌッセンブルク侯爵たるアルヌその人だ。

「アルヌ様、大盛況ですね」

「めでたいことだ。これで馬鈴薯の値段が上がってくれれば言うことなしなんだがな」

幸いなことに〈やみつき馬鈴薯〉は古都を訪れた商人たちにも好評だ。

上手くいけば新しい名物にすることができるかもしれないと、市参事会も鼻息が荒い。

問題は油だったが、これも意外なことで解決した。

古都への進出を図るビッセリンク商会が、西方では持て余し気味になっていた食用のシロン油を売り捌《さば》くために古都へ持ち込んだのだ。

シロンは春先に白い花を咲かせる草花で、実を搾《しぼ》ると油が採《と》れる。これまでは殻《から》の硬さのせいで油の原料に使いにくかったが、最近では圧搾機《あっさくき》も随分と進歩したらしい。

このシロンの実を圧搾して採る油は上質とまでは言えないが、比較的安価《あんか》で手に入る。

何より魅力的なのは、シロンがサクヌッセンブルク侯爵領でも採れるということだ。

タイショーに無理を言って今日の居酒屋ノブでは馬鈴薯を揚げるのにこのシロン油を使ってもらっているが、味はそれほど悪くなかった。

農民が自宅で油を使うというのはまだまだ難しいが、馬鈴薯が売れるようになればまた違ったものも見えてくるだろう。

実のままで運び貯蔵すれば、シロン油は随分と長持ちする。

圧搾の器械を古都でも導入すれば、値段を下げられるかもしれない。この土地の貴族であるアルヌの見据えているのは、更にその先だ。

カラカラカラカラという揚げ音が響き、アツアツの〈やみつき馬鈴薯〉が運ばれてくる。「お待たせいたしました！」

シノブから受け取った皿に、山盛りの〈やみつき馬鈴薯〉。

合わせるのは、当然トリアエズナマだ。

馬鈴薯と、ラガー。

ただそれだけの組み合わせだというのにどうしてこんなに幸せなんだろうか。

〈酔眼《すいがん》〉のアルヌと言われたアルヌも、ラガーだけでなく馬鈴薯を摘まみながらだと、自分の調子で飲むことができるというのも、好みに合う。

「そういえば、済まんなイーサク」

乾杯をしながらアルヌは詫びた。

「と、申しますと？」

怪訝な表情を浮かべるイーサクは、何故謝られるのか分からないといった風情《ふぜい》だ。

「お前にこういう料理を作らせたことを、だな」

ああ、とイーサクの口元が自然と綻《ほころ》ぶ。

「いいんですよ、アルヌ様」

司厨長の職を預かっているが、実を言えばイーサクは派手な宮中料理を取り仕切るよりも、こうやって色々試してみる方が性《しょう》に合っているらしい。

一皿きりの料理よりも、長く食べて親しんでもらえる料理を作るのが好みでもあると言う。

そういうものなのか、と頷くアルヌを見て、イーサクが笑った。

「どうした、急に笑い出して」

「アルヌ様、今日はとことん飲みましょう」

秋の夜は更けていく。主従は、明け方近くまで酒を酌《く》み交わしたのだった。

味は見かけによらず

「馬鈴薯《カルトッフェル》の美味い食い方なら、儂《わし》に一声相談してくれればよかったのにのぅ」

秋の夜長にトリアエズナマが美味い。居酒屋ノブでの隣席《りんせき》の呟きに、ニコラウスは頬杖《ほおづえ》をついたまま視線をそちらへ巡らせた。

独酌《どくしゃく》しながら肴に舌鼓を打っているのは、助祭のエトヴィンだ。

僧服のまま美味そうに酒を呑む姿にはじめこそ圧倒されたものの、それももう遥か昔の話。

居酒屋ノブの常連として、カウンターの一隅に寓居《ぐうきょ》しているかの如く通い詰める老僧にはすっかり慣れてしまった。

僧侶の戒律《かいりつ》になどまるで興味のないニコラウスだが、この老僧がなぜ出世もできずに助祭という低い地位に甘んじているのかについては概《おおむ》ね見当がつく。

酒好きと怠惰《たいだ》という言葉が僧服を着て歩いているかのようなこの禿頭《とくとう》の老人が要職に就《つ》けるようなら、教会という組織の鼎《かなえ》の軽重《けいちょう》が問われるだろう。

飲み友達として個人的に付き合う分には大変気のいい爺さんなのだが、出世と無縁なのは仕方のないことだ。

「ほう、エトヴィン助祭殿の頭の中にはこの〈やみつき馬鈴薯〉よりもいい案があるって言うのかい」

フォークに刺してニコラウスが掲げてみせるのは、先日来あちこちで人気になっている新しい肴である〈やみつき馬鈴薯〉だ。

嘘か本当か、サクヌッセンブルク領の若き侯爵アルヌ閣下が考案したというこの肴は、折よく食用油が値下がりしたこともあって、古都《アイテーリア》でちょっとした流行を引き起こしている。

凄まじく美味いというわけではないのだが、後を引く。

特に、トリアエズナマの肴に最適だ。ついつい飲み過ぎて、それほど弱くないはずのニコラウスが今ではほろ酔い加減のいい心地になっている。

「うむ。この儂の考えた、最高の馬鈴薯の食べ方じゃよ」

ニヤリと口元を歪《ゆが》ませると、エトヴィンはタイショーを手招きし、何事か耳打ちした。

カウンターから首だけ出したタイショーが、なるほどと呟き、さっそく調理に取り掛かる。

軽い気持ちで聞いたニコラウスだが、こうなると俄然《がぜん》気になってきた。

衛兵をめでたく退職したニコラウスは、今では古都三大水運ギルドの一角を占める〈鳥娘の舟歌《ハルピュイア》〉で秘書の真似事のようなことをやっている。

馬鈴薯の新しい調理法が見つかれば、相場にも大きく影響するだろうから、これは個人的な興味というだけではなく職務上の関心ということになるに違いない。

そっと首を伸ばし、カウンター越しにタイショーの手元を窺《うかが》う。

「えっ」

タイショーが嬉々《きき》として小鉢に盛り付けているのは、ただの蒸《ふ》かした馬鈴薯だった。

問題は、そこにどろりと掛けられているものの方だ。

「どうじゃ、素晴らしいと思わんかね」

笑みこぼれるエトヴィンの前に持って来られたのは、何とも強烈な代物《しろもの》だった。

「蒸かした馬鈴薯にバターを載せ、その上からたっぷりとイカのシオカラをかける。これはもう流行間違いなしじゃな」

心底嬉しそうにエトヴィンが馬鈴薯を口に運ぶ。

そこへすかさず、アツカンをキュッ。

これこれ、この臭みと旨味が堪らんのよ、と独語する老僧を見て、ニコラウスの脳裏に生臭《なま》坊主という言葉が過《よぎ》った。

確かにアツカンとは合うだろうことは間違いないが、あれが古都で大流行するというのはちょっと考えにくい。

古都における世間一般の酒飲みの舌というのはもう少し単純だ。

そういう意味でも、ニコラウスはサクヌッセンブルクの若侯爵の慧眼《けいがん》には感心している。

〈やみつき馬鈴薯〉の評判は上々だ。あれほど分かりやすい肴もない。お陰で来年以降は馬鈴薯の相場が上がるだろう、というのが〈鳥娘の舟歌〉の予測だ。

それにしても、とニコラウスは考える。

このエトヴィンという僧侶は、いったい何者なのだろうか。

元衛兵という職業柄、人相で為人《ひととなり》を見抜くことにかけては、ニコラウスも多少の自信があった。それなのに、この老人についてはどういう人物なのか未だに分かりかねている。

タイショーが油の鍋に何かを滑《すべ》らせるように入れた。

肉を揚げるいい香りが店の中に漂いはじめる。

「シロン油、か」

イカのシオカラを美味そうに頬張っていたエトヴィンが鼻をひくひくとさせ、独《ひと》り言《ご》つ。

言われてみれば、確かにシロン油の香りだ。

ビッセリンク商会が販路を繋げたこの油は、古都の食用油の相場を大いに下げた。飲み屋の料理の幅が広がるのはニコラウスにとってこの上なくありがたいが、取引先の商会の中には内心で臍《ほぞ》を噛んでいるところも少なくないようだ。

バッケスホーフ商会一強時代のぬるま湯に慣れている古都の中小商会にとっては、ビッセリンクの衝撃はしばらく影響が残るだろう。潰れてしまう商会も、出てくるに違いない。

ニコラウスの上司であるエレオノーラとしては頭の痛いところだろうが、それよりも今のニコラウスに気にかかるのは別のことだった。

水運ギルドである〈鳥娘の舟歌〉に勤めるニコラウスとしてはこのところ嗅ぎ慣れた香りだが、エトヴィンはどうして少し嗅いだだけでこの香りが分かるのだろうか。

ひょっとすると、並みの生臭坊主ではないのかもしれない。

どこにでもいる坊主の振りをしているが、その実……。

いやいや、とニコラウスは小さく頭を振る。

隣の客の過去や身分を決して詮索《せんさく》しない。それが古都に暮らす呑兵衛たちの仁義だ。

たとえ隣に座っている男がごろつきだろうと、札付きの悪党だろうと、悪名高い東王国《オイリア》の奇譚拾遺使《きたんしゅういし》が抱える密偵であったとしても、店の中では気にしない。

煩《わずら》わしい生業《なりわい》の憂いは、引き戸の外へ置いておくのが居酒屋で酒と肴を上手く楽しむコツだということを、ニコラウスは骨身に沁みて知っている。

居酒屋での独り呑みは、静かにしみじみと愉《たの》しむべきだ。

とはいえ、自儘《じまま》に想像を巡らせるくらいは罰《ばち》も当たらないだろう。

実を言えばニコラウスはエトヴィンという助祭のことを高く買っていた。

人生の先輩として、という意味ではない。

呑兵衛としての敬慕《けいぼ》だ。

この老僧は隣に座っているのが肉屋だろうと衛兵だろうと照燈持ち《ファクール》だろうと自分より高位の司祭であったとしても気にはしない。

どんな人間が隣に座っても、眉一つ顰《ひそ》めずに杯《さかずき》を傾ける。

あくまでも自然体。

いつも通りに飲み、いつも通りに食い、いつも通りに冗句《じょうく》を飛ばすだけだ。

普通は司祭であるトマスが隣に座れば少しは恐縮してもいいようなものだが、エトヴィンときたら世間ずれしていない若者に酒の飲み方を教える始末である。

どのような飲み屋遍歴を辿ればこういう御仁《ごじん》となるのかはまったくの謎だ。

しかし、酒飲みの先達としてこれほど心強い人物も他に思い当たらなかった。

それでいて、ただの生臭でもない。

聖堂での課業や規則こそ等閑《なおざり》にしていると聞くが、居酒屋ノブで極稀《ごくまれ》に誰かから相談を受けた際の受け答えには、さすがと思わせるものがある。

暗い顔をしてノブのノレンを潜った若者が、何かに導かれるようにしてエトヴィンの隣に座を占め、すっかりと晴れ晴れした顔で店を後にするのをニコラウスは何度となく目撃していた。

人生相談や懺悔《ざんげ》を聞くのがこれほどに上手いのなら、真面目に勤めさえすればそれなりの僧侶として名を知られてもよさそうなものだ。

その時、ニコラウスの脳裏に妙な考えが過った。

ひょっとすると名のある高僧が身分を偽《いつわ》って市井《しせい》の様子を窺っているのではないか。

いや、まさか、そんな。

〈やみつき馬鈴薯〉のせいか、今日は些《いささ》か飲み過ぎているようだ。

エトヴィンの正体が高位聖職者であることなど、実際にはありえない。

あの怠惰な酒好きが演技だとしたら、あまりにも堂に入り過ぎているではないか。

そもそも、敬虔《けいけん》な高僧としての生活がどう考えてもエトヴィンには似つかわしくない。

絢爛《けんらん》豪華な刺繍《ししゅう》を施された正絹《しょうけん》の僧衣に身を包み、荘厳《そうごん》な聖堂で朗々と経典《きょうてん》を詠み上げるエトヴィンを思い浮かべ、ニコラウスは思わず噴き出しそうになった。

似合うか似合わないかというよりも、その有り様を想像することさえできない。陸《おか》の上をボルガンガが歩いている方がまだ現実味があるというものだ。あの老人のことだから、堅苦しい生活よりも、酒精とざっかけない肴に囲まれた生活の方を選んだのかもしれない。

「ニコラウスさん、さっきからどうしたんですか。独りで首を振ったり笑ったりして」

心配そうに顔を覗き込んできたのは、エーファだ。

最近では皿洗いも手早くなって、空いた時間にはこうして給仕の真似事をしている。

「ああいや、ちょっと考え事をね」

言い訳じみた受け答えをしながら、ふと隣の席へ視線を巡らせるとエトヴィンの姿がない。

「助祭なら、所用で少し席を立たれましたよ」

反対隣の席から急に声を掛けられ、ニコラウスは心臓を鷲掴《わしづか》みにされたような気がした。

振り返ると、いつの間にやら司祭のトマスが寛《くつろ》いでいる。

香りからすると、傾けている酒器の中身は葡萄《ぶどう》果汁だろう。

古都の聖堂でも指折りの優秀な司祭であるトマスが居酒屋ノブの半ば常連のようになっているのも、あの老助祭が引きずり込んだのだとニコラウスは見ていた。

「所用、ですか」

「ええ、ああ見えてお忙しい方ですから」

ああ見えて、どう忙しいのだろう。

トマスの意味深長な笑みが、ニコラウスの胸中の疑念に再び鎌首《かまくび》を擡《もた》げさせる。

寒風吹き荒《すさ》ぶ秋の夜更けに、いったい何の所用があるというのだろうか。

いっそのこと、トマスにエトヴィンの正体を問い質《ただ》してみようかとも思うが、それはできない相談だった。

呑兵衛の仁義に反するし、第一、何と聞けばよいというのだろう。

勤務態度が悪いだけのただの助祭の正体を疑ってみせるなど、却ってニコラウスの正気を疑われかねない。

やはり今日は飲み過ぎているようだ。

早々に切り上げて明日に備えよう。

そう思って懐から合財袋《がっさいぶくろ》を取り出そうとした時、タイショーが油の鍋から何かをさっと取り出した。

薄く揚げたタツタアゲの出来損《できそこ》ないか何かのように見える。いや、鶏皮だけをカリカリに揚げたものの方が近いだろうか。

「大将、それは？」

シノブが尋ねると、タイショーはハフハフと味見をしながら「せんじがら」と答えた。

センジガラ、とは何だろうか。

席を立つ機を何となく逸《いっ》して、ニコラウスはもう一度椅子に腰を下ろした。

「ああ、せんじがら。大江《おおえ》さんの」

「そう、広島《ひろしま》の大江さんの」

聞くところによると、タイショーの元同僚である料理人が時々作ってくれた肴なのだという。

「見てくれは悪いんだけどね」

そう言いながら供してくれた皿に盛られたセンジガラの見てくれは、よくない。

「豚の胃袋を揚げたものなんですよ」

シノブにそう説明されると、ますます食べる気がなくなってくる。

「シロン油を何かに使えないかなと思ってさ。意外といけるよ」

エーファにも試食分を手渡しながら、タイショーは二つ目に齧り付いている。

お試しに、とせっかく出してもらったのだからニコラウスは覚悟を決めた。

考えてみれば豚の内臓だろうがなんだろうが、煮込みにすれば食べたことはある。

食べて食べられないことはないさと口に放り込んだ。

「ん」

思っていたよりも、しっかりとした歯応えがある。

噛めば噛むほど肉の旨味が口の中に広がるのは、これまでにない感覚だ。

「これは……トリアエズナマ、だな」

アグアグとセンジガラを咀嚼《そしゃく》しながら、トリアエズナマを流し込む。

瞬間、口の中に幸せが広がった。

肉、酒精、美味い。

肉、酒精、美味い。

こういう時には、エールよりもノブのトリアエズナマのキレのある味わいが心地よい。

とても単純で分かりやすい幸福感がニコラウスを包み込んだ。

ついさっきまで帰ろうとしていた意思はどこへやら。思わずもう一切れ摘まみながら、シノブにトリアエズナマのお代わりを注文する。

奥歯で固いものを噛みしめていると、こんなにも幸せを感じることができるものなのだろうか。

はじめはおっかなびっくり眺めていたトマスも、おずおずと手を伸ばし、一切れ口に含んだ。

「ああ、なるほど」

何がなるほどなのかはよく分からなかったが、何か得心《とくしん》するところがあったらしい。

なるほど、なるほどと言いながらトマスもしっかりと噛みしめている。

さすがにこれは葡萄果汁というわけにもいかなかったのか、一杯だけと誰かに断りを入れるようにしてトマスもトリアエズナマを頼んだ。

ここで頑《かたく》なに酒精を拒《こば》めば司祭として立派なものだが、一杯だけと喉を潤してくれる方が親しみが湧く。

「このセンジガラ、エトヴィン助祭のような肴ですね」

よく冷えたラガーを甘露《かんろ》のように味わいながら、トマスがぽつりと呟いた。

「助祭のような？」

ええ、そうですと朗らかに笑うトマスは、どういう意味か答えるつもりはないらしい。

ニコラウスは心地よく酔いに霞《かす》んだ頭を働かせてみる。

見てくれはああだが、味わってみるとなかなかに味がある、ということだろうか。

いやいや、神学の天才との呼び声高いトマス司祭の謎かけだ。もっと深い意味が込められているに違いない。

豚の胃袋、というところに何か意味が隠されているのだろうか。

腹に一物《いちもつ》隠している、だとか、そういう暗示だとすると、これは興味深いことになる。

聖王国《ルブシア》には〈法主《ほっす》の長い手〉と呼ばれる謎の密偵組織があるとニコラウスは耳にしたことがあった。

まさか、あの好々爺然《こうこうやぜん》としたエトヴィン助祭がそれと関係しているということもないだろうが、何かしらの裏を持った人物だという可能性は捨てきれない。

酔った頭で思い返すと、確かに不自然なことがある。

かつてバッケスホーフ商会が居酒屋ノブをラガー密輸の疑いで告訴しようとした事件があった。

あの時、エトヴィン助祭は枢機卿《すうききょう》からベルトホルトとヘルミーナの婚姻確認の書類をあっという間に取り寄せて見せた。

バタバタしていたのでニコラウスも聞き流していたが、よくよく考えればただの助祭の地位で教導聖省の枢機卿からお墨付きを貰うようなことが可能なのだろうか。

他にも、思い返せば不自然なことはいくつもあった。

いや、今の自分は酔っているだけなのだ、とニコラウスは自分に言い聞かせる。

酒精が脳のよくないところに溢れている時は、本来繋がるはずもないことを繋げて考えてしまうものだ。

下らない考えごと噛み下してしまおうと、センジガラを口に含む。

我ながら埒《らち》もないことを考えていると自嘲しながらトリアエズナマのジョッキに口を付けていると、不意にエトヴィン助祭がなかなか戻ってこないことが心配になりはじめた。酒席を中座するにしては、少々長い。

静まりかけていた疑念がニコラウスの中で渦巻きはじめたその時、引き戸を開けて当のエトヴィンがひょっこりと顔を出した。

「いやいや、済まん。重要な呼び出しがあったもんでな」

重要な呼び出し、とは何だろうか。

ニコラウスは居酒屋ノブでジョッキを傾けている時、エトヴィンが何度も聖堂からの呼び出しを無下《むげ》に断っているのを目撃している。

頭を悩ますニコラウスの目の前で、聖堂からの呼び出しよりも重要な所用の正体は、エトヴィンの背中から現れた。

「……ボルガンガ？」

エトヴィンが後ろ手からひょいと取り出して見せたのは、巨大なボルガンガだった。

古都の運河の底に棲むボルガンガは横に広い口で泥を食べて暮らしている雑魚《ざこ》だ。

釣り糸を垂らせば餌が付いていなくても寄ってくるような貪欲《どんよく》さで知られるが、釣り人たちにあまり人気はない。

言うまでもなく、とんでもなく泥臭いからだ。井戸水で暫《しばら》く泥抜きをしても食えないほどの魚だが、魚醤《フィゾーサ》の材料となるので需要はある。

「いや、実はな。深秋のボルガンガの肝を煮込んで食べると美味いらしいという噂を小耳に挟んでな。前々から釣り人に依頼をしておったんじゃが、秋のボルガンガは用心深くてなかなか掛からんそうなんじゃ」

特に肝煮にできるような大物はなかなか針に掛からないらしいという話を身振り手振り交えて話すエトヴィンを見て、ニコラウスは小さく溜め息を吐《つ》いた。

この老人が〈法主の長い手〉であるはずがない。

聖堂の呼び出しよりも見てくれの悪い雑魚の釣果《ちょうか》を重視するような密偵がこの世の中に存在するはずがないのだ。

「で、タイショーに頼みなんじゃが、このボルガンガを肝煮にしてくれんかのぅ」

その後はニコラウスとエトヴィン、それにトマスという三人でしばらく飲むことになった。

妙な取り合わせだが意外に話が弾み、気がつけばすっかり夜も更けている。

さすがにこれ以上は明日に障《さわ》るということで散会になった。

ちなみに、ボルガンガの肝煮の味について、ニコラウスはあまり憶えていない。

「煮ても焼いても食えん魚、というのもおるんじゃな」というエトヴィンの述懐《じゅっかい》だけは、しかと聞いたのだが、どうしても味が思い出せないのだ。

噂は噂のままにしておいた方がいいこともある、ということなのだろうか。

引き戸から夜の通りへ足を踏み出す。

冷たい空気が、酔って火照《ほて》った頬に気持ちがいい。

ふと気になって、ニコラウスは前を行くトマスに尋ねる。

「そういえば、さっきのセンジガラとエトヴィン助祭の話、どういう意味なんですか」

トマスは一瞬だけ振り返り、珍しく悪戯《いたずら》っぽい笑みを浮かべた。

「お酒と相性がいい、ということですよ」

新メニュー

真夜中のたぬきむすび

異世界居酒屋のぶ

しのぶは激怒した。

必ず、かの小うるさい蚊《か》を除かねばならぬと決意した。

そもそも夏も疾《と》うに終わり、秋も深まりつつあるというのに、どうしてまだ蚊が飛んでいるのだろうか。お陰《かげ》で、妙な時間に目が覚めてしまった。まことに許しがたい。

時計を見ると草木も眠る丑三《うしみ》つ時。

起きるにはまだ早過ぎる時間だ。

低く唸《うな》る年代物の冷蔵庫からミネラルウォーターを取り出し、コップで一杯飲む。

昼営業をはじめてからというもの、午前中もなかなかに忙しいのだ。

何としても、もうひと眠りしなければならない。

そのためには、乙女の寝室に侵犯してきた不届きな蚊を邀撃《ようげき》する必要がある。

「よっ！　はっ！　とっ！」

掛け声も勇ましく飛び回るが、すばしこい蚊を仕留めるには骨が折れた。

五条大橋の牛若丸《うしわかまる》と弁慶《べんけい》よろしく、しのぶは蚊と格闘する。この喩《たと》えだとしのぶの方が武蔵坊《むさしぼう》となってしまうところに難があるが。

漸《よう》やく退治した時には、眠気の方がすっかりどこかへ行ってしまっていた。

「……うう、お腹空いたなぁ」

ドタバタと動き回ったせいもあるのだろうが、どうにも小腹が空いて仕方がない。

今から火を使うのも面倒だし、と再び冷蔵庫の扉を開く。

リサイクルショップの掘り出し物市で格安になっていたのを確保した大型の冷蔵庫は、その巨大な容積に不釣り合いなほど、中には何も入っていない。

「めんつゆと海苔《のり》の佃煮《つくだに》に、青海苔と七味唐辛子……これは、天かすか」

考えてみれば数日前、冷蔵庫の大掃除をしたばかりなのだ。ろくなものが入っていなくても仕方がない。

これだけではさすがに如何《いかん》ともし難《がた》いが、と炊飯器を覗くとちょうどいい具合に昨晩の残り飯が少し保温されていた。普段ならラップに包んで冷凍するところを、疲れて寝てしまったのだ。

「さてさて、となるとアレをしますかね」

乙女らしからぬにんまりとした笑みを口元に浮かべ、しのぶはボウルに白米を投入。

そこへめんつゆと海苔の佃煮を目分量で加え、わしわしと混ぜ込んでいく。

即席の、混ぜご飯という趣向だ。

「ここでハイカラな君の登場だ」

深夜のテンションで食材に語り掛けながらしのぶが取り出したのは天かすだ。これを加えることで味がまろやかになり、サクサクとした食感も楽しめる。

ちなみに関西では天かすの載った温かいおそばのことをハイカラそばと言うが、しのぶも語源については詳しく知らない。

いい具合に混ざったところで、俵《たわら》型のおにぎりに整えていく。

「味付け海苔で半分巻いて、そこに青のりをぱーらぱら」

完成したのは、たぬきむすびだ。

「ふふふ……いただきまぁす」

はむりと齧《かじ》ると、めんつゆと海苔の佃煮の味の付いたご飯がほろりと口の中でほどける。天かすの微かな油っ気が、夜食の背徳感を更に際立たせた。

美味い。

美味しいではなく、美味い。

二つのおにぎりを行儀悪く両手持ちにして、はむはむと齧り付く。サクサクとした天かすの食感が、実によいアクセントだ。やはり、入れて正解だった。

そこでふと、しのぶはあることを思い出した。

「たぬきそばみたいだから、たぬきむすびっていうなら、あれも合うんじゃない？」

片方のおにぎりを口にくわえたまま、冷蔵庫から七味唐辛子の小瓶を取り出す。

それを残ったおにぎりにぱらりとまぶしてやった。

「さて、お味の方は、と」

うん、これはいい。

そのままのたぬきむすびも実にいい味わいなのだが、そこに七味が加わることで味がきりりと引き締まり、違った風格を見せてくれる。

味わいが変わったことで、口の中がリセットされ、まだ食べられるかな、という気分になった。

これなら、もう一つ二つ食べられるのではないか。

二つだけで済ませるつもりだったが、ボウルの中にはまだ混ぜご飯が残っていた。

「……いいよね、ちょっとくらい」

背徳感は、最良の調味料である。

もう二つおにぎりを拵《こしら》えるとちょうど混ぜご飯がなくなることでもあるし、と自分に言い訳をして、しのぶは欲望に抗《あらが》うことを止めた。

「うん、やっぱりいい味だ」

海苔の佃煮の混じり方に偏りがあったのか、今度の方がさっきよりも味が濃い。

しかしそれがまたいいのだ。

「ここまでくると、あれよね」

雪平鍋《ゆきひらなべ》でお湯を沸かし、粉末のお吸物を用意する。味は、松茸だ。秋の夜長に啜《すす》るお吸物が、冷え切った身体にするりと染みていくのが分かる。

お吸物を啜《すす》りながら、たぬきむすびをもう一口。

えも言われぬ、至福の時だ。

結局しのぶは深夜二時半を回っているというのに、小ぶりなおにぎり四つとお吸物をぺろりと平らげ、満足して寝床に就《つ》いた。

翌日の彼女が、猛烈な胃もたれに悩まされたのは、言うまでもない。

ハンスと豆の木

このところ、ハンスに元気がない。

いや、元気がないというとまた少し違うのだろうか。表情が冴えない、と言った方が正しいのかもしれない。そうかといって仕事の手を抜いているというわけでもなかった。

こういう時にどう扱っていいものか、信之《のぶゆき》はほとほと困り果てている。

店で使う今日の分の出汁《だし》を引きながら思案してみるが、どういう対処が正しいのだろうか、とんと見当が付かない。

料亭〈ゆきむら〉にいた頃であれば、覇気《はき》のない後輩はどやしつけるなり酒を飲みに連れて行くなりといった対処のしようもあったのだ。

だが、ここはまったくの別世界で、ここは自分の店で、しかもハンスは自分の弟子である。

後輩と、弟子。

接し方は違って然《しか》るべきだということは分かる。しかし、どうすればいいのかが分からない。

ハンスが、優秀過ぎたのだ。

これまで、助けられることはあっても困らされることなど何一つなかった。

文句の付けようのない弟子としか、言いようがない。

教えたことはすぐに覚えてくれるし、教えないことも貪欲に学んでいく。

オリジナルのレシピを考えさせてもしっかりとしたものを作ってくるし、何よりも素直だ。

優秀な弟子であるハンスに、今まで自分は師として甘えてきたのではないか。

そんなことをぼんやりと考えながら、信之は開店の準備を手早く進めていく。

このところ、アルヌの考えた〈やみつき馬鈴薯〉の評判がいい。信之としては煮物をたっぷり作りたいところだが、今日も揚げ物の動きがよさそうだ。

ハンスには隣で今日の分のお通しを作ってもらっている。

客の口に入る料理を任せるのは早いかもしれないという危惧は、もうない。

厳しく下積みをさせるよりも、自分の作ったものを食べる人の表情を見て育って欲しいというのがしのぶと信之の共通した想いだ。

今日は大豆と手羽元を煮込んでいる。

じっくり煮込んだ手羽元から出た旨味を吸った豆が、実にふっくらと炊き上がっていた。

お通しを任せるようになって暫《しばら》くは突飛《とっぴ》なものを作ってくることもあったが、最近では地に足の着いた料理を仕上げてくる。

信之の味を受け継ごうとしてくれていることは、とても嬉しい。

その一方で、もっと挑戦心を持ってくれてもいい、という気持ちもある。

ハンスは幼い頃から父親に連れられて旅の中に生きてきた。

信之が味わったことのない料理や、見たことのない風景、感じたことのない世界を、ハンスは知っている。料理の創作に活かせば、きっと信之の思いもよらない味を作り出してくれるはずだ。

料理の修業に専心してもらうためにも、ハンスの不調の原因を確かめなければならない。

なんと切り出せばいいのか分らぬまま、居酒屋のぶの開店時間がやってきた。

「ん、今日もオトーシは豆料理なのか」

開口一番、肉屋のフランクが呟く。

この店の入り口が古都の〈馬丁宿〉通りに繋がった頃からの常連の一人だ。

ふっくらとしたお腹の持ち主で、お通しには一家言《いっかげん》ある。

「そういえば、昨日も豆だったか……」

首に片掌《かたてのひら》を当て、信之が昨日のお通しを思い返す。言われて思い返してみると、ハンスが作ったのは、昆布と豆の煮物だった。

「タイショー、昨日だけじゃない。一昨日も、その前も豆だったはずだよ」

指折り思い返すと、今日は豆と手羽元の煮物、昨日は昆布と豆の煮物、一昨日は豆とひじきの煮物でその前は豆ごはん、五目豆も出したような気がする。

フランクに指摘されるのも当然だ。

いや、そういえばしのぶにも同じようなことを注意されていたような気がする。ハンスの様子の方が気になってなんとなく聞き流していたが、完全に不注意だった。

「どうも申し訳ございません」

頭を下げる信之に、フランクがいやいやと手を振る。

「豆のオトーシは美味いからいいんだけど、さすがにちょっと気になったからさ」

そう言ってもらえるのはありがたいが、五日続けて豆料理がお通しというのは疑問を持たれて当然のことだ。今日は綺麗な鯖が入っているので、豆と手羽先の煮物だけでなく、焼き鯖もお通しとして出すことにした。

お詫びというほどのものでもないが、ちょっとしたサービスだ。

「いやぁ、悪いねタイショー。なんだか催促したみたいでさ」

しのぶと一緒に頭を下げながら、信之はハンスの方をしっかりと見ることができなかった。


「それでハンス、豆で何か気になることがあるのか」

暖簾《のれん》をしまった後の居酒屋のぶ。

エーファもリオンティーヌも先に帰した店内で、信之としのぶ、そしてハンスが向かい合って座っていた。

店の中はさっきまでの活気が嘘のように静まり返っている。

フランクにお通しのことを指摘されてから、今日のハンスはいつも通りの仕事にも精彩を欠いていた。大きな失敗をするわけではないが、なんとなく集中ができていない。ほんの些細《ささい》な差であっても、同じ調理場に立つ信之の目を誤魔化すことはできなかった。

誰も口を開かないまま、ただ時間だけがゆっくりと過ぎる。

しのぶの淹《い》れた熱いほうじ茶の湯気だけが揺蕩《たゆた》う空間で、信之もしのぶもハンスも、表情は曇ったままだ。

ハンスは、何を思い悩んでいるのだろう。

信之は視線を伏せたまま、想いを巡らせる。

料亭〈ゆきつな〉時代での経験から考えると、こういう場合に若い料理人が悩んでいる理由はいくつかに分類することができるものだ。

金か、女か、家族の健康。

ハンスの父親ローレンツも兄のフーゴも最近店を訪れたばかりだから、三つ目ということはないだろう。そうなると、前に挙げた二つのどちらか。

それ以外の場合は、突拍子もない理由だということになる。

返答次第では、厳しく叱ることをしなければならないかもしれない。

長い長い沈黙の後、漸《ようや》くハンスが重々しく口を開いた。

「実は、豆を育てているんです」

「豆？　育ててるの？」

予想外の言葉に、しのぶが尋ねる。

「ええ、トルカン豆の苗木を……」

トルカン豆という名前は枝豆をお通しに出した時に、信之もお客の口から聞いたことがあった。枝豆よりも少し大ぶりの豆で、古都の子供たちはこの豆を炒ったものをおやつ代わりに舐《ねぶ》って食べるらしい。

ハンスに園芸の趣味があるとは知らなかった。

しかし、それとハンスのこのところの不調はどう関係しているのだろうか。

先を促《うなが》すように、信之もしのぶも黙っていることしかできない。

俯《うつむ》くハンスの、膝の上に置かれた両の拳がぎゅっと握られる。

「ずっと……ずっと、居酒屋ノブの味を、タイショーの味を守るにはどうすればいいのかを考えていて……」

「……味を、守る？」

「はい。タイショーの味を、居酒屋ノブの味を、守りたいんです。そのためにはどうしても、ダイズが必要で」

やがて訥々《とつとつ》と語りはじめたハンスの言葉は支離滅裂《しりめつれつ》で、順序がばらばらで、それでも熱意の籠《こ》もったものだった。

ハンスが見据えているのは、居酒屋のぶの裏口が使えなくなってしまった後のことだ。

想像したくないことだが、絶対に訪れない未来だと言い切れる保証はない。

先日のぶを訪れた依田《よだ》さんの使っていた扉も、ある日使えなくなってしまったという。この店の扉は例外だと安心できる材料がないのは、確かだ。

裏口がなくなっても、ハンスが居酒屋のぶの味を守るにはどうするべきか。

この店で使っている調味料の多くは古都では手に入らないものだ。

代用できるものもあるが、どうしようもないものもかなりの数に上るというのがハンスの行きついた結論だった。

特に、味噌と醤油。

手に入れることがほとんど不可能なものであれば諦めもつくが、原料の大豆さえあれば自作できるかもしれない味噌と醤油は、ハンスの心を悩ませ続けた。

自分の本分は料理だ、ということは分かっている。

ただ、ハンスの愛した居酒屋のぶの味を守ろうとすれば、必然的に延長線上には調味料の問題が立ち塞がってしまう。

その「努力すれば、作れるかもしれない」という気持ちがハンスの中で「作れないのは努力が足りないからだ」へと変わるのに、それほど時間はかからなかったらしい。

連合王国《ケルティア》で依田さんの作っている醤油はいずれ古都に届けてもらうことになっている。が、どうしても割高になるし、供給も不安定になるだろう。

なにせ、船で遠路遥々運ばれてくるのだ。

日本のようにちょっと足りなくなったからスーパーへ買いに行く、という具合にはいかない。

古都で大豆を栽培し、味噌と醤油を自給したいというのがハンスの考えていることのようだ。

「そのために、トルカン豆をダイズに見立てて育てる練習をしているんです」

再び、店内を沈黙が支配した。

どこか遠くで、野犬が鳴いている。

語り終えて項垂《うなだ》れるハンスに、信之はなんと言葉を掛けていいのか分からなかった。

気持ちは痛いほどによく分かる。

いや、分かるなどと軽々しく言ってはいけないのかもしれない。

異世界で料理の味を守るという不可能な目標を、ハンスはたった一人で全て背負い込んで苦しんでいたのだ。その表れが豆の栽培であり、日頃の浮かない表情だった。

豆を使ったお通しが続いたのは、頭が豆のことでいっぱいだったからだという。

ハンスは、真面目だ。生真面目過ぎる。

だが、師としての自分はハンスのその真面目さに甘えていたのだということが、今の信之にはよく分かった。

噛みしめた奥歯が、ぎちりと鳴る。

いろいろな言葉が胸に去来し、喉まで出かかっては、消えていった。

「んー、なんか、お腹空いたね」

前掛けをぱんぱんと払い、しのぶが立ち上がる。

「ハンス、悪いんだけど何か作ってくれない？」

「え、あ、はい」

畳みかけるような有無を言わさぬ気魄《きはく》に、ハンスが矢のように厨房へと立った。

ああ、そうだ。しのぶはちゃんと、答えを知っている。

こういう時には、千の叱責よりも万の労《ねぎら》いよりも、身体を動かした方がいい。

「ハンス」

「はい、タイショー」

「豆を、何か豆を使った料理がいいな」

一瞬の沈黙の後、ハンスがはちきれんばかりの笑顔で、はいと応えた。


ハンスが豆を調理する音を聞きながら、信之は天井を眺めている。

頭には、自分の師である塔原《とうはら》の姿が浮かんでいた。

守破離《しゅはり》。

塔原から教わった言葉だ。この言葉は信之にとって、福音《ふくいん》として響いた。

遵奉《じゅんぽう》してきた伝統の殻を破り、巣立つことができる。自分だけの味を追求することができるということは、純粋な喜びだった。

だが、ひょっとするとこの言葉がハンスを縛っているものの正体かもしれない。

信之はこの言葉を、折に触れてハンスにも教えてきた。

それをハンスは、まったく逆の意味に捉えてしまっているのではないだろうか。

自分の殻を破って巣立つためには、まず伝統と師の教えを忠実に墨守《ぼくしゅ》しなければならない。

長い修業を積んだ信之にとっては解放の言葉として響いた言葉が、ハンスにとっては途轍《とてつ》もなく険しい道のりを示す言葉として重く圧《の》し掛かったのではないだろうか。

ましてやここは、古都《アイテーリア》。

前提条件からして、日本での修業とはまったく違う。

水が違う。気候が違う。文化風土が違えば、客の舌も違う。手に入る素材に至っては言うまでもないことだ。

場所が違えば、料理は違うのは当たり前だ。

信之の伝えた技術を十全に守り通すということさえ難しい。

それを、ハンスは何とかしようと足掻《あが》いていたのだ。

たった一人で、誰にも相談せずに。

どれだけの孤独、どれだけの重圧に耐えてきたのだろうか。

信之の口元が、自然と綻《ほころ》んだ。

ハンスは間違いなく、優れた料理人になる。天賦《てんぷ》の才によってではなく、努力によって、信之すら到達できない高みに昇ることができるだろう。

そのためにもまず、呪縛《じゅばく》を解《と》いてやらなければならない。

「……できました」

ハンスの声に、信之の意識が引き戻される。

厨房には卵のいい匂いが漂っていた。

「ハンス、早く見せて」

待ちきれない様子のしのぶがせがむと、ハンスは慎重に皿をカウンターまで運んでくる。

「……ほぅ」

緑釉《りょくゆう》の焼き皿で美味しそうに湯気を立てているのは、円いスパニッシュオムレツだ。具は、ほうれん草と玉ねぎ、馬鈴薯、それに大豆を使っている。

黄色と緑。

盛り付けの色合いも、実にいい。

ピザのように食べやすく切り分けて皿に盛られている。食欲をそそる香りもよかった。

「シノブさんは昼を軽くしか食べてなかったので」

少しボリューミーかとも思ったが、確かに信之も小腹が空いている。これくらいしっかりとした夜食の方がちょうどいいのかもしれない。

「ありがとうね、ハンス。さ、冷めないうちに食べましょ」

しのぶと信之、そしてハンスの三人で、テーブルを囲んでの遅い夕食だ。

普段は箸《はし》を使うしのぶだが、今日はナイフとフォークを取り出した。

信之もそれに倣《なら》い、一切れ皿に取る。

食べやすい大きさに切り分けて口に運ぶと、柔らかな食感が口に広がった。

卵とバターのふんわりとした柔らかな香りに、馬鈴薯と大豆のほくほくとした味わいが包まれている。

玉ねぎの甘みとほうれん草の微かな苦みが味を引き締め、全体としてのバランスもいい。

なるほど、これはしっかりと仕上げてきている。

中途半端な和食を作ってきたらハンスにひとこと言ってやらねばならないと思っていたが、その心配はない。

ほうれん草、玉ねぎ、馬鈴薯、そして卵。ここに使われている材料は大豆以外、全て古都で手に入るものばかりだ。

たとえ今日、裏口が日本と通じなくなったとしても作ることができる料理。

それでいて、味の調和や盛り付け、そして何よりも、食べる者の気持ちを考えたもてなしの心のような信之の伝えたかったことも余さず含まれている。

二口、三口と食べ進める。

伝えなければならないと思っていたことは、全て伝わっていたのだ。

言葉ではなく、背中から。

食べながらハンスの方を見遣《みや》ると、ちょうど目が合う。恥ずかしそうに俯くハンスの顔には、怒られるかもしれないという怯《おび》えや、こちらの顔色を窺うような卑屈さはどこにもない。

ただ、自分の作ったものを食べた人がどういう反応を示すのか、それだけが気掛かりなのだ。

それでいい。

料理人の持つ、ごくごく当たり前の本能。

しかし、技術を高めることに拘《こだわ》り過ぎると、曇ってしまう感覚でもある。

ハンスはまだ若者らしい純粋さを持っている。そのことが、信之にとっては何よりも嬉しい。

信之は、料亭〈ゆきつな〉で自分の作った料理がはじめて客に供された日のことを不意に思い出した。

今のハンスのように、客がどんな表情をしているのか気になって気になってしょうがなかったことをよく憶えている。

取り分けた分を食べ終え、次の一切れを皿に移す。

しのぶのフォークの進み具合を見ると、お気に召したのだろう。

〈神の舌〉などと板前たちは冗談めかして綽名《あだな》していたが、実際にしのぶの料理に対する味覚や嗅覚は大したものだ。

信之の師匠である塔原でさえ、繊細な料理の味付けではしのぶに判断を請うことがあった。

そのしのぶがお代わりをしたのだから、ハンスの料理はまず及第点を超えている。

学びはじめた時期を考えれば、驚異的な進歩と言っていい。

「ハンス、これ美味しいね」

しのぶが信之の背中からひょこりと顔を出し、反対隣のハンスに伝える。

「……あ、ありがとうございます」

ハンスの声が上ずっているのは、以前に信之が言ったことのせいだろう。

信之は、しのぶに賄《まかな》いを美味しいと言ってもらえるまでに五年かかった。

信之が遅いわけではない。同じ時期に入った料理人の中には、結局一度もしのぶに美味しいと言われぬままに〈ゆきつな〉を去った者もいる。

ほんの少しだけ悔しい気もするが、それはそれ、これはこれだ。

自分の方が塔原よりも弟子に何かを伝えるのが上手いのだ、と思い込むことにする。

いやそれも、ハンスが優秀で信之の意図しないところまで汲んでくれるからだということは分かっているのだが。

小腹が満たされると、今度は少し喉が渇いてきた。

今日はもう営業も終わり。

明日は都合のいいことに安息日のお休みだった。

「ハンス、何かもう少し肴を見繕《みつくろ》ってくれないかな。今日は、三人で飲もう」

「大将、どうしたの急に？」

「いいじゃないか。たまには飲みたい気分なんだ」

熱でもあるのかと、しのぶが信之の額に掌《てのひら》を当てる。

ほんのりと冷たい掌が、妙に心地よい。

そんなことをしているうちに、ハンスはもう厨房に立っていた。

「分かりました。お酒は何にします？　アツカンですか？　それともレーシュ？　トリアエズナマもいいですね」

何を飲みたいか聞いてから、それに合った肴を決める。

なかなかいい判断だ。やはりハンスは、信之には過ぎた弟子かもしれない。

「今日はトリアエズナマにしよう。冷蔵庫の奥に、晩酌用の厚切りベーコンがあるから、それを炙《あぶ》ってくれるだけでもいいぞ」

楽しみに取っておいたベーコンだ。炙るだけで十分な肴になる。

「……あー」

ベーコン、という言葉にしのぶが素《す》っ頓狂《とんきょう》な声を上げた。

「どうしたんですか、シノブさん」

「……しのぶちゃん、まさか」

問い詰めるような信之の視線に、しのぶが苦笑いをしながら頭の後ろを掻く。

「ああ、いや、ほら、ちょうど大将のいない時にさ、ゲーアノートさんが、ね？」

隠し場所をどれだけ変えても、しのぶは驚異的な観察眼と嗅覚で見つけてしまうのだ。最近はもう信之も諦めつつある。

「……またか」

「でもタイショー。厚切りのベーコン、まだちょっとだけ残っていますよ。これを細かく切って、馬鈴薯と一緒にコショウ味で炒めるというのはどうでしょう」

「ああ、それはいいな。美味そうだ」

さっと炒めただけで、ハンス流のジャーマンポテトができあがる。

ベーコンから沁み出した脂の甘みがじゃがいもを実にいい味に仕上げている。

しのぶの口に合ったオムレツも、もう一度ご登場頂く。

ハンスの作った肴で、ささやかながら日頃の労をねぎらう乾杯をあげた。

一日の労働で疲れた身体に、心地よい苦みがすっと流れ落ちていった。

「そういえばさ」

馬鈴薯を頬張りながら、しのぶがハンスの顔を覗き込む。

「ハンスが育ててるトルカン豆っていう豆は、大豆の代わりにはならないのかな」

そう言われてみれば、考えたことがなかった。

以前から、味は枝豆に似ていると聞かされている。

形は似ているらしいから、実はこちらの世界での大豆の親戚なのかもしれない。

ジョッキの中身で口の中をさっぱりさせたハンスの視線が、左上の方を彷徨《さまよ》う。

「んー、どうなんでしょう。今年はまだ植えたばかりですから、収穫はあと三年くらい先になると思うんですけど……」

三年後？　確か大豆は一年草のはずだ。

桃栗三年柿八年とはよく言うが、大豆に三年かかるという話は信之も聞いたことがない。

「シノブさんやタイショーは、トルカン豆の木って、見たことありませんか？　春先に黄色い花をつける、背の高い……」

「木、か……」と信之は呟く。

「木、ね……多分、見たことないと思う……」としのぶも苦笑を浮かべた。

木に実る枝豆はない。

どうやらトルカン豆と大豆は随分と違うものらしい。

結局は、連合王国からの依田さんの荷物を待つ方が確実だろうという話になった。

後はもう、飲むだけだ。

ハンスの作ったジャーマンポテト風の肴は、ビールによく合う。

ピリリと効《き》いた胡椒《こしょう》の味とベーコンの脂で馬鈴薯の味が引き立てられ、いくらでも酒が進む魔性の味だ。

「ハンス、これは明日から夜の定番の肴に加えよう」

「いいんですか？」

「これだけ美味しいなら当然よね」


こうして居酒屋のぶに新しいメニューが加わり、ハンスも元通りに元気に働くようになった。

厨房で包丁を振るいながら、信之は現状に満足している。

残る懸案は、あと一つだけだ。

「……ねぇ大将。最近、晩酌しなくなったの？」

「いや、そんなことないよ」

上目遣《うわめづか》いに尋ねてくるしのぶに、努めて冷静に、無表情に信之は答えた。
信之はひとまず胸を撫で下ろす。
どうやら、晩酌用のつまみの新しい隠し場所はまだしのぶに見つかっていないらしい。
これでしばらく、肴なしの寂しい晩酌とはおさらばできそうだった。

翼の折れた獅子《しし》

秋の食い気は限り知らず。

パトリツィアの田舎で冗談のように使われる言葉だが、まったくの真実でしかない。

〈四翼の獅子〉亭で働く下働きたちには夕食がたっぷり振る舞われているのだが、それでも夜半になるとお腹の中で耳無梟《みみなしふくろう》がくぅくぅと鳴き始める。

「で、今晩は誰が取りに行く？」

下働きはほとんどが年端《としは》もいかぬ少年少女。空きっ腹を抱えて眠りに就《つ》くのは我慢ができない。パトリツィアと同じ部屋で寝起きする女中の間では、夜中にこっそりと夜食を頂戴しに行くのが、もはや慣例となっていた。

もちろん一流の宿である〈四《し》翼《よく》の獅子《しし》〉亭がこれに気付いていないはずなどなく、半ば黙認されている恰好だ。

不満を抱えて妙な接客をされるくらいなら、少しくらいのおこぼれに与るのは大目に見るという度量も、老舗《しにせ》の宿屋の亭主には備わっていなければならない。

そういう次第で厳正な籤引《くじび》きの結果、今晩はパトリツィアが屋根裏から厨房まで降りていくこととなったのである。

皆が寝静まった真夜中。

寝ぼけ眼《まなこ》のパトリツィアが客の通らない方の階段を抜き足差し足で下っていくと、目当ての厨房から美味そうな香りが漂ってきた。

先客だろうか。

珍しいこともあるものだ。

男部屋の方も似たようなことをしていることは、パトリツィアも知っていた。女部屋より少々大胆に、底の方に少しだけ中身の残った酒瓶を持って上がることさえあるという。

ひょっとすると、先輩のシモンがいるかもしれない。

急に頭に血が回り始めたパトリツィアは、物音を立てないようにこっそりと厨房を覗き込んだ。

違う。

蝋燭《ろうそく》の明かりに浮かび上がる人影は、シモンのものよりずっと大柄だ。

神経質そうな後ろ姿には、見覚えがあった。

小リュービク。

そういう風に呼ばれている〈四翼の獅子〉亭の副料理長は、今は病気か何かでずっと自室療養しているとパトリツィアは聞いていた。

見つかると、まずいだろうか。

料理長である大リュービク翁《おう》が目と足を患《わずら》ってから、厨房の主はこの小リュービクのはずだ。今は療養中とはいえ、主人のいる部屋からものをくすねていくのはさしものパトリツィアといえ些《いささ》か憚《はばか》られる。

それでもなんだか立ち去り難いものを感じて、パトリツィアは息を潜《ひそ》めた。

小リュービクが包丁を使う小刻みな音だけが、秋の夜を満たしている。

背中越しに見ているだけではっきりと分かるほど、小リュービクの手際はいい。一つの料理だけに専念するのではなく、いくつもの手順を段取りよくこなしている。

いったい、小リュービクのどこが悪いのだろう。

これほど動けるのなら、厨房に立ってくれればいいのに。いや、監督してくれるだけでもいいかもしれない。

今の〈四翼の獅子〉亭には、大きな問題があった。

料理だ。

かつて〈神の舌〉とまで讃《たた》えられた大リュービク翁が引退し、跡を継いだ小リュービクも自室で療養となると、残った料理人だけでは心許《こころもと》ない。

そういう話は、単なる新入りの下働きに過ぎないパトリツィアの耳にも聞こえてくる。

実際、なんとかという商会の御曹司《おんぞうし》が古都を訪れた際には、〈四翼の獅子〉亭を定宿に指定したというのに料理は余所《よそ》から取り寄せる羽目になったのだという。

これは大変な失態で、老舗の名誉を甚《いた》く傷つけることになった、と年嵩《としかさ》の女中たちからもっともらしい顔での講釈を何度となく聞かされている。

「そんなところに突っ立ってないで、入ってきたらどうだ」

思わず声を掛けられ、パトリツィアはびくりと震えた。

当たり前のことだが、気付かれていたのだ。どうしていいか分からずにそのまま立っていると、小リュービクが生ハムの切れ端をひょいとつまみながら振り返った。

持ち上げて下の端から食べるという行儀の悪い食べ方だが、妙に美味そうに見える。

本当に病人なのだろうか。

くすんだ金髪に、厳しい表情が張り付いたような顔。

しかし蝋燭の明かりに照らされた顔色は、それほど悪く見えない。

「上でお仲間が待っているんだろう？　何か適当に持って上がれ」

そう言って小リュービクが指し示した調理場の机の上には、様々な料理が並んでいる。

ただの料理ではない。

〈四翼の獅子〉亭で晩餐《ばんさん》を飾るに相応《ふさわ》しい料理ばかりだ。

牛肉、豚肉、鶏肉に、鹿肉やディーグの肉もある。

魚に卵、野菜に果物。

ふんだんな素材を使って、調理の仕方も千差万別。

焼く、煮る、揚げる、蒸す、炒める。

本来なら〈四翼の獅子〉亭の厨房を全力で動かしてやっと作り上げることのできるような料理が湯気を上げているのだ。

これを全て一人で作ったというのだろうか。

だとすれば、小リュービクという人物は世評《せひょう》の通りの天才というよりほかない。

驚きもあるが、パトリツィアは並べられた皿から目が離せない。

料理の手際のよさもさることながら、小リュービクの作り上げた料理はどれもこれも美味しそうなのだ。

食欲をそそる香りがパトリツィアの鼻腔をくすぐり、胃の腑の動きを活発にする。

夕食のスープは美味しかったが、少し量が足りなかった。

このままでは明日の仕事にも障るだろう。

本当にこの料理が食べられるなら、これほど幸せなことはない。

「……えっと、あの、私は下働きのパトリツィアと言います。本当にこれ、持って上がっていいんですか？」

パトリツィアが名を名乗ってから尋ねると、小リュービクは小さく鼻を鳴らした。

表情は相変わらず厳しいままで、何を考えているのか窺い知ることはできない。

何かまずいことを言っただろうかと、不安が胸に圧し掛かってくる。

だがそれも、パトリツィアの取り越し苦労だったようだ。

小リュービクは首を竦《すく》める。

「夜食をくすねに来て、名前を名乗った下働きはお前さんがはじめてだ」

「あ、す、すみません……」

慌てるパトリツィアに、厨房の主はフォークの柄を差し出した。

「気に入った。ちょっとだけ付き合ってもらおうか」

「あの……付き合う、というのは」

怖《お》ず怖《お》ずと尋ねるパトリツィアに、小リュービクはもう一度首を竦めた。

「試食だ。オレの作るものを食べて、感想を聞かせてもらいたい」

目の前に並ぶ豪勢な料理に、パトリツィアは思わず唾《つば》を飲み込んだ。

「それでは、失礼して」

手を伸ばしたのは、仔牛の香草焼き。

あばら骨が、つまんで食べやすいように炙られている。

はしたないかなと思いながらも思いっきり齧り付くと、中からじわりと肉汁が溢れ出した。

美味しい。

ただ美味しいというだけでなく、いくらでも食べられそうだ。

「どうだ。そんな肉、お前さんの稼ぎでは滅多に食えないだろう」

ぶんぶんと大きく頷きながら、咀嚼《そしゃく》した肉を幸せと共に飲み込む。

「とっても美味しいです。肉の味も勿論なんですけど、香草……エティカとラーモン、それと……ククルバゼットも使ってますよね？　臭みがまったくなくて、いくらでも食べられそうです」

感じたことを、感じたままに。

天才料理人に感想を求められたのだから、素人が変に言葉を飾っても仕方がない。

パトリツィアは己の味覚で感じたことを、率直に小リュービクに伝える。

だが、パトリツィアの感想を聞いた厨房の主は黙り込んでしまった。

形のいい顎を指先でつまむようにして暫く何事か考え込んでいた小リュービクは、パトリツィアの前に一つの皿を置いた。

シチューだ。

具は豚肉と、玉葱《ツヴィーベル》。

一見するとごく一般的なシチューに見える。

「このシチューを食べて、味付けに使っているのが何の調味料か当ててみてくれ。何も難しく考えることはない。分かるものだけ挙げてくれればいい」

「ちなみに、何種類の調味料が入っているんですか？」

尋ねると、一瞬の間があった。

「……七つだ」

七つの調味料。何かの試験のようなものだろうか。

そんなことをぼんやりと考えながら、シチューを木匙《きさじ》で掬《すく》い、口へ運ぶ。

やはり、美味しい。

頬も蕩《とろ》けそうな味わいに、味をみるよりもついつい堪能してしまう。

とろとろになるまで炒められた玉葱の甘みと、豚肉の旨味が遺憾《いかん》なく発揮されたシチュー。

晩餐の主役として供してもいいくらいの味に仕上がったそれを、パトリツィアは至福の表情で味わっていく。

腕を組んで興味深げにこちらの様子を窺う小リュービクの視線も、気にならない。

皿の残りも半分になったところで、いよいよ舌に意識を集中する。

せっかくこれだけ美味しいものを食べさせてもらったのだ。七つ全てとは言わぬまでも、せめて四つか五つは答えたい。

調味料、ということは豚肉と玉葱は除外していいだろう。

パトリツィアは舌の上を通り過ぎていった味を頭の中で反芻《はんすう》し、指折り数えていく。

しかし。

「……どうした。難しいか」

黙り込んでしまったパトリツィアの様子を不審に思ったのか、小リューピクが声を掛ける。

「ああ、いえ、違うんです」

「違う、とは?」

「このシチューに使われている調味料、七つなんて数じゃありませんよね?」

そう言って、パトリツィアは分かった限りの調味料の名を挙げはじめた。

塩、胡椒《こしょう》、バター、ワインは言うに及ばず、ニンニク、パプリカ、トマト、アーセリンク、エティカ、ナルホマゼットと生姜《イングワー》……。

「それと、砂糖が少しだけ入っているように感じました」

答え終わってから、パトリツィアはやってしまった、と思った。

分かったからといって、こんな風に答えてよかったのだろうか。

小リュービクは、七つと言ったはずだ。十二も挙げろとは言っていない。

腕を組んだままパトリツィアの方をじっと見つめていた小リュービクの肩が、ぴくりと震える。

ひょっとして、怒られるのだろうか。

身構えるパトリツィアを前に、小リュービクはさっきまでの厳しい顔つきからは予想もできないほど口を大きく開けて、笑いはじめた。

「くくく……はははははは！　お前さん、いや、パトリツィアだったか。凄いな。いや、素晴らしい。実に素晴らしい舌を持っている。こいつは傑作だ」

腹をよじらせて笑い転げる小リュービクを、パトリツィアは呆気にとられてただただ見つめることしかできない。

「パトリツィア、お前さんの言う通りだ。このシチューには確かにそれだけの調味料が含まれている。まさか砂糖まで言い当てられるとは思わなかったけどな」

「あ、はい、いえ、たまたまです」

故郷の村にいた頃から食い意地の張っていたパトリツィアは、近隣で結婚式や催し物がある度に手伝いに行っては、そこの料理を味わい尽くしてきた。

砂糖の味も、そうやって覚えたものだ。

「ちなみに、なんで七つなんて言ったんですか？」

「ん、ああ。七つって言うのは、ここの料理人が答えられた調味料の数だ。つまりは、お前さんの方がしっかりした舌を持っている、っていうことだな」

はぁ、と答えるパトリツィアに、小リューービクは次々と皿を勧めてくる。

「いや、大したもんだよ。お前さんの舌は。寝込んじまってるオレの親爺《おやじ》ほどじゃないにせよ、それだけの舌の持ち主はなかなかいるもんじゃない」

〈神の舌〉

小リューービクの父、大リューービクの二つ名を知らぬ者は〈四翼の獅子〉亭には誰一人としていない。

伝説的な料理人にして、伝説的な舌の持ち主。

それが〈四翼の獅子〉亭の総料理長である大リューービクだ。

「今でこそ目と足とを悪くして寝込んでいるが、親爺さえしっかりしていれば、この〈四翼の獅子〉亭の客が余所に流れることなんてあるはずがないんだ」

それは、事実だろう。

大リューービクが厨房に立っていた頃、古都における〈四翼の獅子〉亭の人気は盤石《ばんじゃく》で、他の宿とは比較にならないほどに評価は懸絶していた。

大リューービクが病臥《びょうが》するようになり、小リューービクが厨房の長《おさ》を引き継いでも、〈四翼の獅子〉亭の優位は揺らがなかった。

その評価が傾きはじめたのはやはり、彼が自室に籠《こ》もるようになってからのことだ。

パトリツィアは、内心で首を捻《ひね》る。

どうしてこんなに元気で料理の腕もしっかりとした小リュービクが、昼間は自室に籠《こ》もりっきりなのだろうか。

この副料理長さえ調理場に立てば、〈四翼の獅子〉亭も活気が戻りそうなものなのだが。

「ま、こんな料理を出す店が持て囃《はや》されているくらいなら、〈四翼の獅子〉亭もまだまだ安泰だろうな」

言いながら小リュービクがつまむのは、揚げただけの馬鈴薯《カルトッフェル》だ。

「〈やみつき馬鈴薯〉ですか？」

「ああ、お前さんも知っているか。馬鈴薯をただ揚げただけ。なんの変哲もない、ただの揚げ芋だ。それなのに、これが古都では大人気だっていうんだから、不思議な話だ」

〈やみつき馬鈴薯〉は、パトリツィアも食べたことがある。

シモンが余所への使いのついでに、どこかの露店で買ってきてくれたのだ。

確かに、小リュービクの作る料理と〈やみつき馬鈴薯〉は、違う。

食べ比べれば、一〇〇人が一〇〇人、小リュービクの料理を美味いというはずだ。

だが、違う。違うのだ。

「この〈やみつき馬鈴薯〉にせよ、例のオーディン鍋にせよ、最近の古都には妙な料理が流行り過ぎる。それもこれも、居酒屋ノビ……？　ノベ……？」

「……居酒屋ノブ？」

「そう、その居酒屋ノヴとかいう店ができてからのことらしい」

居酒屋ノブといえば、シモンと一緒に行ったあの店のことだ。

確かに料理は美味しかったが、〈四翼の獅子〉亭とはまったく違った店だし、料理の美味しさもパトリツィアにしてみれば、張り合う類いのものではないという気がする。

獅子と鷹《たか》ではどちらが強いのか、と尋ねるようなものだ。

ひょっとすると、小リューービクは居酒屋ノブへの対抗心か何かが原因で厨房に立つことができないのだろうか。

だとすれば、直接行ってあの料理を食べてもらうのが一番だろう。

「すみません、その居酒屋ノブっていうお店、私行ったことがあります」

「何？　本当か？」

パトリツィアの言葉に、小リューービクが両手を掴んできた。

料理人らしい繊細な指だ。下働きに慣れてごつごつとしたシモンの指とは、違う。

「どこにあるんだ？　どのくらいの時間帯まで店を開けている？」

矢継《やつ》ぎ早《ばや》に問い質《ただ》してくる小リュービクに圧倒されながら、パトリツィアは知っている限りのことを答えることにした。この副料理長には、なんとしても立ち直ってもらわねばならない。

「えっと、場所は〈馬丁宿〉通りです。随分と遅くまでやっているっていうことでしたから、多分今の時間くらいなら、まだ……」

今度、一緒に行ってみますかという言葉を口にする前に、小リュービクにぐいと手を引かれる。

「よし、それなら行こう」

「い、今からですか？」

慌てるパトリツィアの様子など気にも留めず、小リュービクは宣言した。

「決まっている。今からだ。居酒屋ノヴに、討《う》ち入りだ」

◆

討ち入りなどとは少々大袈裟なことを言ってしまった。

月夜の古都《アイテーリア》を足早に歩きながら、小リュービクの口数は少ない。

そもそもが、居酒屋ノヴとやらに大した関心はなかった。

自室まで飯を運んでくる従業員がやたらめったらとその名前を口にするので憶えていたというだけに過ぎない。

どうせ、ただの居酒屋だ。

伝統と格式に裏打ちされた〈四翼の獅子〉亭を脅かす店であるはずがない。

確かに、今の〈四翼の獅子〉亭は以前ほどに繁盛しているとは言い難かった。

目先のことに囚《とら》われた従業員たちは、やれ〈飛ぶ車輪〉亭の何とかいう揚げ物が美味いからだ、とか〈居酒屋ノヴ〉の〈やみつき馬鈴薯〉が古都っ子の心を鷲掴みにしているなどと騒ぎ立てるが、そんなものは全てまやかしだ。

リューービクの名を持つ者が、厨房に立っていない。

それが全ての原因であり、唯一無二の解決策なのだ。小リューービクたる自分さえ厨房に立てば、全ての問題は雲散霧消《うんさんむしょう》する。

新しく古都に店を構えた居酒屋風情、恐れることは何もない。

パトリツィアという娘に誘われるままに、小リューービクは古都の夜を歩く。

アイテーリアは旧《ふる》い街だ。

歴史を幾層にも重ねた街並みは昼と夜では違う顔を見せる。

月明りに照らされた道を進んでいくと、小リューービクの鼻腔を微かに甘い香りがくすぐった。

何の香りだろうか。

「さ、着きましたよ」

振り返り微笑むパトリツィアが一軒の店を指し示す。

古都ではあまり見ない様式の店構え。

木と漆喰《しっくい》で建てられた店には、大きな一枚板の看板が掲げられている。店名は異国の文字で書かれているから小リュービクには読むことができないが、これでノヴと読むのだろう。

硝子の引き戸の奥から、柔らかな匂いが漂っていた。

甘い、あの香り。間違いない。砂糖だ。

芋を煮るのに、砂糖を使っているらしい。他にも幾つかの調味料を巧みに組み合わせてあることを小リュービクの嗅覚は嗅ぎ取ることができた。

父である〈神の舌〉大リュービクほどでないにせよ、小リュービクも一級の料理人として味覚嗅覚には自信がある。

芋を煮ているのは、なかなかの腕前の料理人なのだろう。

なるほど、そういうことか。

店に入る前に、小リュービクは全てを察した。

考えを改める必要がある。この居酒屋はただものではない。

そんじょそこらの酒場と同じように軽く見ていると、火傷《やけど》してしまうだろう。

腕のいい料理人に、砂糖や恐らくは胡椒などといった古都では少し値の張る調味料や食材を扱わせる。

古都っ子は新しい物が好きだから、たちまち人気となるだろう。

そうやって、店と仕入れの名を古都へ浸透させる策だと小リュービクは当たりを付けた。

きっと名のある商会が手引きをしているはずだ。

「いらっしゃいませ！」

「……らっしゃい」

引き戸を開けると、涼風と共に豊かな芋の香りが街路へ漂い出る。

まだやっていますか、というパトリツィアの問いに、女給仕は愛想よく答え、カウンターの席へと二人を案内した。

好都合だ。

小リュービクにとって、料理人の手仕事を窺うことのできる席は敵情視察のために絶好の場所だといえる。

夜も更けているというのに、店の中にはまだそこそこの数の客の姿があった。

清潔感のある店内は、思ったよりもこぢんまりとしている。

古都で最も由緒ある〈四翼の獅子〉亭と較べるのは些か不憫《ふびん》ではあるが、小リュービクの目には本当にただの街の居酒屋としか見えない。

店主らしき男が鍋で煮ているのは、やはり芋だ。

丸く小ぶりな芋はこの辺りでは見かけない種のものらしい。

「里芋ですよ」

さっそく質問したパトリツィアに、シノブと名乗った女給仕が鍋の中身を答えた。

ひくり。

堪《こら》えようとしても、小リュービクの鼻が動く。

皮を剥いた芋をただ煮転がしているだけだというのに、どうしてこうも香りがいいのだろう。

しかしそれも全て、材料がいいからに他ならない。

生まれてこの方、小リュービクは料理という分野で誰かの風下に立ったことがなかった。

父が長い料理修業の果てに苦心して習得した〈獅子の四十七皿〉でさえ、小リュービクにとってはそれほど難しい課題ではなかったのだ。

天才、という言葉で周囲は讃えたし、小リュービク自身もそのことに何の疑問も抱かなかった。

何度かこの店を利用したというパトリツィアに倣い、トリアエズナマという名のエールを注文する。透明なジョッキに黄金色のエールが運ばれてくるが、然《さ》して驚きもしない。

この店がどこかの商会の差し金だという確信が深まるだけだ。

美しく透き通った硝子のジョッキを普段使いするなどという贅沢、〈四翼の獅子〉亭のような名の通った宿でもなかなかできないのだから、ましてこの規模の居酒屋においてをや、である。

「……ほう」

ジョッキを握る小リュービクは、自分でも知らぬうちに賛嘆の声を漏らしていた。

冷たい。

器を冷やす、という工夫を今の今まで思いつかなかったことを、小リュービクは恥じた。

恐らくは井戸水か流水にでも浸けてあったのだろう。

氷室を設《しつら》えているということもないではないが、たかだか居酒屋がそこまでするということがあるだろうか。

いずれにしても、この工夫は面白い。

晩夏とはいえ、まだ暑気の残る夜にこの心遣いはなんとも嬉しいではないか。

一口だけ、と口を付けてみて、また驚いた。

微かに苦みのあるエールは、驚くほどキレのある味わいだ。

ぐびり、ぐびり、ぐびり。

ジョッキから口を離すことができない。

身体の芯に溜まった澱《おり》を溶かすような喉越しに、小リュービクは思わずジョッキの半分ほどを飲み干してしまう。

横を見ると、パトリツィアがなんとも嬉しそうな表情でこちらを見つめていた。

「美味しいでしょう？」

「……うん、なかなか美味いな、このトリアエズナマという奴は」

本当はナマと言うのだ、とシノブに教えてもらいながら、二杯目を頼む。

すると頼んでもいないのに例の芋が皿に盛られて目の前に置かれた。

「これは？」

「お通し、といいます。御注文頂いた料理をお出しするまでの間、お客様に召し上がって頂くものです」

女給仕の説明は、至極もっともだ。

料理の支度《したく》が整う間に歓談を楽しむ貴族や商人相手の商売をしている〈四翼の獅子〉亭では決して思い浮かばない発想だった。

この店に来るのは日々の生業《なりわい》に疲れ果てた男たちであり、一瞬でも早く酒と肴にありつきたいという者なのだから、この店の判断は全面的に正しい。

しかし、もうこの芋が出てくるとは思わなかった。

砂糖を使った料理なのだから、今日の主菜だろうと小リュービクは見ていたのだ。

まさか前座に出てくるとは思いも寄らなかったが、それはそれ。

店主のお手並み拝見、と木のフォークで無造作に突き刺すと、一口に頬張る。

その時、小リュービクは何かの崩れる音を、確かに聞いた。

芋を煮てこの味を出す方法が、小リュービクには分からない。

料理の仕方自体は分かる。

口にしたことのない調味料であっても、おおよそどういうものであるかも分かるつもりだ。

小リュービクに分からないのは、どれほど細かな研鑽《けんさん》がこの芋一つに込められているのかということだった。

ほくほくに炊かれた芋の具合。

味の染ませ方の案配。

そしてこの出汁の取り方を決めるために重ねたであろう時間。

芋を口に含んだまま、小リュービクは黙り込んだ。

次の芋にフォークを伸ばしつつ、店主の様子を窺う。

異邦の民の年齢は分かりにくいが、年の頃は三十をいくつか過ぎたくらいだろうか。ちょうど、小リュービクと同じ年代だ。

慣れた所作で客の注文に応えていく姿を見れば、この店主が練達の料理人であることは容易に見て取れる。小リュービクから見ても惚れ惚れとするほどに手際がいい。

これだけの腕前、〈四翼の獅子〉亭でも自分以外にはいないだろう。自分の父である大リュービクよりも、この店の店主の方が上かもしれない。

二個目の芋を味わいながら、店内をもう一度それとなく見渡した。

パトリツィアの隣で何か透明な酒に口を付けているのは〈鳥娘の舟歌《ハルピュイア》〉を束ねるギルドマスターだ。確か名前はエレオノーラといったはずだった。

食通で知られ、かつては〈四翼の獅子〉亭の上客に名を連ねていたが、最近はとんとご無沙汰だと聞いている。

どこへ通っているのかと思えば、この店だったというわけだ。

見れば他の客も新しく赴任《ふにん》してきた助祭や鍛冶《かじ》ギルドのマスターと素性のいい客が多い。ただ繁盛しているだけでなく、舌の肥えた客をしっかりと抱え込んでいるという証拠だ。

ジョッキを握る手に、知らず力が籠もる。

小リュービクが自室に籠もってただ天井を見上げるだけの日々を過ごしている間にこんな店が古都に現れ、着実に地歩を固めていた。

そのことを知ろうとさえしなかった自分に、腹が立ったのだ。

調理場の隅で何かを味見していたもう一人の女給仕が渋い顔をしたのはその時だった。

「ダメだね、こりゃ。泥臭さが全然抜けてないよ」

眉根を寄せて水のグラスへ手を伸ばすところを見ると、よほど味がよくなかったのだろう。

この店でそんな料理ができるというのが俄《にわ》かには信じられず、小リュービクは首を伸ばして皿の中身を窺った。

皿から漂う香りで、小リュービクは全てを察する。

ボルガンガの肝煮だ。古都の運河の水底に棲む雑魚で、大きな口で泥を啜るようにして食べているから、少々洗ったくらいでは泥臭さが抜けない魚として料理人の間では知られた魚だった。

「やっぱり駄目だったかぁ」

ノブ、という店主が人差し指で顎を掻きながら自分も肝煮を口に含むと、すぐに吐き出す。

小リュービクも、味の予想は付く。泥臭くてとても食べられたものではないはずだ。

「ボルガンガの肝煮っていうと、〈獅子の四十七皿〉の一つにも数えられる名物料理のはずなのに、不思議なこともあるものね」

エレオノーラの言葉に小リュービクは口角だけで小さく笑う。

〈四翼の獅子〉亭の名物として名高い〈獅子の四十七皿〉の作り方は門外不出だ。おいそれと真似できるものではない。

「井戸水で七日泥を吐かせ続けても駄目、牛乳で臭みを抜いても駄目、度の強いお酒で洗っても駄目となると、これはちょっとお手上げだなぁ」

どうやら彼は随分と熱心にボルガンガの肝煮を再現しようと努力しているようだ。

他にも指折り数えていくこれまで試した方法に、小リュービクは息を呑んだ。

店主の挙げた方法は、どれも正しい。

この店主がボルガンガの肝煮を食べたことはないはずだから、耳にした話だけで料理法を推察してそこに辿り着いたということになる。もしくは臭みのある食材を日常的に調理しているとでもいうのだろうか。

いずれにしても、ただの居酒屋の料理人が積むような研鑽ではない。

小リュービクは、内心で小さく唸った。

今のままなら、彼がボルガンガの肝煮の秘密へ辿り着くことはない。

ボルガンガの肝煮の秘密は彼が試みていることとはまるで違う場所にある。

例えて言うならば、今の彼は美味い芋を探しているのに浜辺を掘るような努力を重ねているということだ。

門外不出の〈獅子の四十七皿〉の秘伝が外へ漏れる心配はない。

しかし、小リュービクの心は別のところにある。

この料理人に、ボルガンガの肝煮の秘密を明かしてみたい、という気持ちだ。

不思議な心持ちだった。

自分以外の料理人が、自分の得意料理を作る。それを味わってみたいと思ったのは、小リュービクの人生ではじめてのことだ。

いつの間にか注文した揚げ物料理に齧り付くパトリツィアの横顔を見る。

彼女の舌は、本物だ。

パトリツィアは小リュービクの仕掛けた罠《わな》を乗り越え、見事に全ての調味料を答えてみせた。父である大リュービクと並ぶ、〈神の舌〉と呼んでも差し支えないだろう。

これだけの舌を持つ人間がそれほどいるとは思えない。

小リュービクが信頼を置く舌の持ち主が通い詰めるほどの店。

たかが居酒屋と侮《あなど》っていた自分が恥ずかしくなるが、その店の主人の腕前を試してみたいのだ。

思えば〈神の舌〉である父に自分の料理を否定されて以降、小リュービクは思考の隘路《あいろ》に迷い込んでしまっていたような気がする。

以前と作り方は何も変わっていないはずなのだ。

それだというのに、どれだけ試しても父はただ一言「不味い」としか言わない。

混乱の極みにあった小リュービクは、ビッセリンク商会を饗応《きょうおう》するという大役から逃げ出しさえした。

自分が立ち直るためには、切っ掛けが必要だ。

居酒屋ノヴ。この店の料理がその鍵となるかもしれない。

ボルガンガの秘密を話してしまおうと小リュービクが口を開きかけたその時、厨房の奥で料理の盛り付けをしていたもう一人の料理人がポツリと呟いた。

「ボルガンガの肝煮の肝って、本当に運河にいるボルガンガなんですかね」

ハンス、と呼ばれている料理人の言葉に、先ほど味見した金髪の女給仕、リオンティーヌが小さく肩を竦める。

「ボルガンガってのは運河にいるもんなんだろ。あんな魚は海では見たことがないよ。ねぇ、エトヴィン助祭」

水を向けられた禿頭の助祭は顎を撫でながら、そうさなぁと答えた。

「運河にいるボルガンガと同じものかどうかは分からんが、山の渓流に似たような魚がおるのは見たことがあるよ。運河にうようよいる奴の稚魚ほどの大きさしかなかったが」

会話に加わっていた人々の失笑が広がる。

そんな小魚の肝じゃ料理にならないよ、とリオンティーヌ。

百匹も二百匹も集めなけりゃ、料理にならんのじゃないかと客の一人が笑う。

だが、小リュービクは内心穏やかでなかった。

それこそが、〈獅子の四十七皿〉の一つ、ボルガンガの肝煮の秘密なのだ。

清流で苔《こけ》を食べて育つ小さなボルガンガを清い井戸水に飼い、特別な餌を与えると運河に棲むものと同じ程度に大きくなる。

〈四翼の獅子〉亭の地下で育てた特別なボルガンガの肝を使い、更に先ほど店主の言った方法で臭みを抜いてやってはじめて、旨煮ができるのだ。

これまで、ボルガンガの秘密を見抜かれたことはなかった。

その秘密に、当てずっぽうとはいえ、ここまで迫られるとは。

芋の煮転がしを食べ終え、小リュービクは席を立つ。

「あれ、お客さん、まだお通しと生しかお出ししておりませんが……」

気遣わしげなシノブの言葉を、小リュービクは手で制した。

「やらねばならないことを、思い出した」

パトリツィアの分も合わせて少し多めに銀貨を支払うと、〈四翼の獅子〉亭への家路を急ぐ。

明日からは、厨房に立つ。

いや、長く営業から離れていたから、まずは手と勘と舌を慣らさなければならない。

料理をして、料理をして、料理をする。

〈四翼の獅子〉亭の名に恥じない料理を作るには、それだけの鍛錬が必要だ。

頭の中に、しなければならないことの長い箇条書きを書き連ねていく。

月に照らされた古都の道は、来た時よりも明るく見えた。

竹輪《ちくわ》の磯辺揚げ

古都《アイテーリア》を貫く運河。その岸辺に植わった柳が、風にそよいでいる。

かつては古都を〈金柳《きんりゅう》の都〉という雅称《がしょう》で呼ぶ者もあったが、今ではいくつかの屋号にその名を留《とど》めるばかりだ。

水運と陸運の交わる流通の要衝《ようしょう》として隆盛したのも今は昔。

三つの水運ギルドは暇を持て余し、運河に行き交う艀《はしけ》もまばらになった。

ああ栄光の日々よ、何処《いずこ》へ。

そう嘆かれていた古都に僅かばかりの変化の兆《きざ》しが見えはじめたのは、ここ数年のことだった。

柳の木陰で涼む通行人に水や麦酒を売る行商人の横を、屈強な人足たちが荷を満載した荷車を押しながら行き交う。水運ギルドに雇われた男たちだ。

諸肌《もろはだ》を脱いで荷車を押す背中には玉の汗が浮き、隆々と盛り上がる肩は陽に焼けて赤銅《しゃくどう》の色になっている。

荷の量は、確実に増えていた。

一昨年よりも去年、去年よりも今年、先月よりも今月と、留まるところを知らない。

「いい具合だな」

運河に停泊する平底舟から艀へ荷物が移される様に目を細め、ラインホルトが独り言つ。

海港から大河を通じて北方三領邦の荷を運んできた平底舟は荷を下ろせばここで解体され、それ自体も木材として販売される仕組みだ。

艀を曳《ひ》く騾馬《らば》たちの鳴き声が耳に心地よい。

下ろされる荷に刻印された紋章も様々だ。帝国西部に覇《は》を唱《とな》えるビッセリンク商会の物が頓《とみ》に多いが、北方三領邦や帝国東部、遠い所では連合王国《ケルティア》や遙か東方の大公国《ルーシア》からの荷もあった。

まだ年若いラインホルトはかつての古都の栄華を知らない。

しかし、今は亡き父や祖父から聞かされていた繁華さはこの程度ではなかった。

古都はもっと栄えることができる。

そして、水運ギルド〈金柳の小舟〉も。

賃雇いの人足やギルドの幹部たちに声を掛けながら、ラインホルトはつぶさに現場を見て回る。

父が急逝《きゅうせい》して跡目を相続したばかりの頃には分からなかったことが、随分と理解できるようになってきた。

各商会の紋章から、人足たちの使う符牒《ふちょう》や手仕草、平底舟から艀へ荷を下ろす作業の手順、その逆、他のギルドとの折衝《せっしょう》もあれば、どんな騾馬が賢くて使い勝手がいいかも知る必要がある。

何もかもを独学で学ばねばならないラインホルトにとっては、現場が何よりの学びの場だ。

陽が中天高く昇ると、作業は一段落する。休憩の時間だった。

腹を空かせた人足たちが、ギルドの管理している飯場《はんば》へと向かう。

〈金柳の小舟〉で管理している飯場は四つあるが、いずれも手狭になっていた。

嬉しい悲鳴と言うべきだろうか。

荷が増えれば必要な人足の数が増え、そうなると飯場は必然的に足りなくなる。

人足たちには交替で食事を摂るように勧めてはいるものの、限度があった。

働かざる者に与えるパン《ブロート》の持ち合わせはないが、働いている者にはパンとスープ《ズッペ》が必要だ。それも、可及的《かきゅうてき》速やかに。

古都には〈金柳の小舟〉以外にも二つの水運ギルドがあり、人足たちはいつでもラインホルトを見限ることができるのだから。

木造の飯場には、溢れるほどの人足たちが詰めかけている。

ここで午前の分の給金と、食事に交換できる勘合符《チケット》を受け取る仕組みだ。午後まで熱心に働く者もいるが、大方の労働者は午前の分の銅貨を受け取ればそれで仕事を上がる。後は陽の高いうちから麦酒の杯を傾けるという寸法だった。

ラインホルトから見ればその日暮らしは危なっかしく思えて仕方がないのだが、彼らにしてみれば呑気でそれなりに幸せな生活なのかもしれない。

「ああ、ラインホルトさん。こんにちは」

気さくに声を掛けてくる人足たちに挨拶を返しながら飯場の中を覗くと、目当ての男がいた。

〈鮫《ハイ》〉

眼光鋭い寡黙《かもく》な男は、そう仇名《あだな》されている。

座ってパンを囓る〈鮫〉を、ラインホルトは見るともなしに観察した。

引き締まった身体に、陽に焼けた肌。ギルドの幹部と言えば帳簿仕事も多いのでそれを言い訳に現場を疎《おろそ》かにする者も多いが、〈鮫〉はそのような怠惰《たいだ》さとは無縁だ。

昔は個人で艀を持つ艀主《はしけぬし》だったが、いつの頃からかラインホルトの父の傘下《さんか》に加わり、新参の幹部のようなことをしている。

この〈鮫〉に、新しい飯場を任せるべきか、否《いな》か。

今のラインホルトの抱えている懸案はそれだった。

能力の面から言えば、申し分ない。賃雇いの人足たちとも上手くやっている。生え抜きの幹部ではないから古参の幹部には若干《じゃっかん》煙たがられているが、それは仕方のないことだ。誰にも疎《うと》まれずにいい仕事をこなすことなど、不可能だからだ。

残る問題は、一つだけ。


カラカラという油の揚げ音が耳に心地よい。

考え事をしていると自然と居酒屋ノブへ足を運んでしまう。まだ空いた時間に店へ入れた客の特権で、ラインホルトはカウンターではなくテーブル席へと腰を下ろした。

頼んだばかりのトリアエズナマが、流れるような所作で目の前に現れる。

まずは、一口。

ゴクリ。

よく冷えた黄金色の液体が舌の上に微かな苦みを残して喉奥へと吸い込まれていく。

ああ、ダメだ。

一口だけのつもりが、ゴクリゴクリと喉が鳴り、あっと言う間にジョッキの半分が空になる。

ぷはっと自然に息が漏れ、口元を拭う。

美味い。

オトーシとして出てきたサンマのフライも、よい。

ザクザクとした歯応えが、またトリアエズナマによく合う。

今日はどういう風に食事を組み立てるのか考えてこなかったが、口の中が揚げ物一色になったので、これで決まりだ。

「ご注文はお決まりになりましたか」

「ええ、あのチクワのイソベアゲというものを」

足繁《あししげ》くというほどではないにせよ、ラインホルトもこの店には幾度となく訪れている。

異国風の店ながら、少しずつ分かってきたこともあった。

アゲという言葉が付けば、揚げ物だ。それはほとんど間違いない。

以前その仮説を披露したところ、ゴドハルトが大量のアツアゲを頼んでしまったので、二人で一所懸命食べることになったが、今日は大丈夫だろう。

注文が済むと、考え事に戻らねばならない。

〈鮫〉のことだ。

奇っ怪な仇名も、故《ゆえ》のないことではなかった。

かつて、随分な暴力沙汰で名を知られていたという。

仇名も、その頃に付いたものだ。

正直なところ、水運ギルドに雇われる人間は血の気の多い者が少なくない。ラインホルトの耳に入るような喧嘩沙汰でさえ、日に片手の指では足りぬこともある始末。その水運ギルドで古参の人間が震え上がるというのだから、よほどの暴れ方だったのだろう。

ラインホルトがギルドを掌握《しょうあく》してからはその兆候はないが、飯場頭《がしら》を任せた時にどうなるだろうか。ラインハルトには、予想が付かない。

鮫は鮫だ。

煮ても焼いても、鮫でしかない。

水運が今よりも停滞していた頃、ミュンヒハウゼンという商会が東王国《オイリア》から鮫を仕入れて古都で大いに売り出したことがあった。

鮫は腐りにくいから、少々遠回りで運んでも食べられるという評判だったのだ。

ラインホルトの父親も水運に与る者として新しいものに目がなかったから、さっそく何尾か購って食卓に供されることになった。

結果は、思い出したくもない。

無残、という言葉でしか言い表せない味だった。

その記憶が、ラインホルトの中で〈鮫〉という言葉の印象を悪くしている。

腕っ節で飯場を纏《まと》めるのは、結構だ。幹部の中にはそういう者もいるし、ゴドハルトの差配する〈水竜の鱗〉ではむしろ上に立つ者は強く在らねばならないという風潮さえある。

しかし、揉め事は御免だった。

今は、古都にとって大切な時期だ。

水路の浚渫《しゅんせつ》は既に一部ではじまっている。

「お待たせ致しました。竹輪の磯辺揚げです」

シノブの声に、ラインホルトは現実へ引き戻された。目の前には皿に盛り付けられた不思議な食べ物が湯気を立てている。

チクワ、とはそもそも何なのだろう。

サクリ。

揚げたてのを口に含むと、微かな磯の風味が鼻腔を擽《くすぐ》った。

濃い味付けではない。しかし、食感が面白かった。

もちもちとした歯触りは、これまでに味わったことのないものだ。

そして、そこに……。

グビリ、グビリ、グビリ。

冷たいトリアエズナマを流し込む。

堪《たま》らない、とはこういうことだ。

サクリ、サクリ、グビリ、グビリ。サクリ、サクリ、グビリ……。

追加のトリアエズナマを注文し、イソベアゲをもう一人前頼む。

至福の時だ。

キンキンに冷えたトリアエズナマを呷《あお》りながら、ラインホルトは想像する。

チクワとは、何かの植物ではないか。

川辺に群生する、一面のチクワ。葦《あし》のような植物に、チクワの穂がたわわに実っている。

それを収穫し、その場で皮を剥いてイソベアゲにするところを思い浮かべる。

これはなかなか楽しそうだ。一度タイショーに頼んでみようか。

「いらっしゃいませ！」

「……らっしゃい」

来客を迎える声に、自然と顔が引き戸の方を向く。そこには、見知った顔が立っていた。

「お、ラインホルトさん。いい飲みっぷりじゃないか」

水運ギルド〈水竜の鱗〉のマスター、ゴドハルトが和《なご》やかに片手を上げて歩み寄ってくる。

ラインホルトの向かいに腰掛けながら、慣れた調子でシノブにイタワサとレーシュを注文するゴドハルトはもうすっかりこの店の常連然とした様子だ。

居酒屋ノブに通っているという点ではラインホルトもなかなかの客だと自負しているが、ゴドハルトの域にはまだ達していない。

オシボリを受け取り、流れるような所作で手を拭う様など、まるで芝居のようだ。

「で、ラインホルトさん。新しい飯場を設《しつら》えるそうじゃないか」

「お耳が早いですね」

見透かされたような気がして一瞬どきりとするが、努めて表情には出さない。

まだ周囲に触れ回るような段階ではない話だからどこかから漏れ聞いたのだろうか。

「ああ、いや、種明かしをするとだな、あの場所は〈水竜の鱗〉も目を付けていたんだ。それでつい今しがた、購入の手付金でも支払おうと話を持っていったら、先を越されていたというわけさ」

なるほど、と思わずラインホルトの口元に笑みがこぼれる。

聞けば、エレオノーラの〈鳥娘の舟歌《ハルピュイア》〉も同じ場所を狙っていたらしい。

水路を通す。

この大目標に向けて、三つの水運ギルドはそれぞれ勢力拡大に向けて動きはじめていた。

人を集め、艀主を雇い、騾馬を買い揃える。

飯場の立地だけでなく、全ては限られたものの奪い合いだ。紳士的なだけではギルドマスターは務まらない。

「〝泳ぐ魚の目を射抜く〟なんて言われるこの業界だ。手が早いことは誇っていい」

同じ水運ギルドのマスターであるゴドハルトに褒められると、悪い気はしなかった。

運ばれてきたレーシュを小さな盃に注ぎ、二人で乾杯する。

改めて、酒が美味い。

仕事終わりの一杯というものは、何物にも代えがたい魅力がある。

「で、飯場頭《がしら》はどうするんだ」

「それで悩んでいるんですよ」

ほう、とゴドハルトの目つきが値踏みをするように細められた。

「人選に悩むことができるというのは人材に恵まれている証拠だな」

「そういうことにしておきましょう」

苦笑しながら、チクワのイソベアゲを口に運ぶ。

ゴドハルトの注文したイタワサ、というのは、一見するとただのカマボコに見えた。

「飯場頭の選び方には色々あるが、私はギルドマスターに従順なだけの人間を選ばないように気を付けているつもりだ」

そう言ってゴドハルトはワサビを擂《す》りおろしはじめる。

客が手ずから擂りおろすのがこのイタワサというものの通な食べ方らしい。木の板に貼り付けてあるざらざらとした布のようなもので体格のいいゴドハルトがちまちまと器用におろしているのを見ると、なんだか面白い。

「このワサビのように、ピリリとした人材をこそ、飯場頭に据えるべきだと思うな」

ワサビをカマボコにちょんと付け、口に運ぶ。

そこにレーシュをキュッと流し込むゴドハルトの相好《そうごう》が幸せそうに崩れた。

「そういうものですか」

「あくまでも〈水竜の鱗〉の場合は、だな。エレオノーラのところの場合はまた違った基準があるようだが」

ゴドハルトの言葉にラインホルトは思わずくすりと笑ってしまう。〈鳥娘の舟歌〉で飯場頭を務める男たちの能力は様々だが、見目麗《みめうるわ》しいことは共通していた。

「ラインホルトさんはラインホルトさんで好きに決めたらいい。今回がはじめてだから緊張しているのだろうが、ギルドマスターを続けていれば人生で何度も経験することだ。思い切って決めてしまえばいいさ」

古都最大の水運ギルドを率いるゴドハルトにそう言われれば、気も楽になる。

気持ちよく杯を空けるゴドハルトにレーシュを注いだ。

「タイショー、今日のカマボコは何だかよく分からんがいつもより美味いな」

ありがとうございます、とタイショーが頭を下げる。

言われてみれば、いつも見るカマボコよりも少し灰色がかっている気がした。

「今日のはいつもと材料が違うんですよ」

朗《ほが》らかな笑顔でシノブが奥から桶《おけ》を持ち出してくる。

「鮫……？」

特徴的な背びれと鱗のない身体は、確かに鮫《ハイ》の物だ。

幼い頃の記憶が脳裏を過《よぎ》る。

あの不味かった鮫が、カマボコになるのか。

「鮫をすり身にして、かまぼこにするんです。ラインホルトさんの竹輪も、鮫から作ったんですよ」

ハンスが包丁で鮫の身を叩いてすり身にしたらしい。

イソベアゲを矯《た》めつ眇《すが》めつしながら眺めてみる。チクワとカマボコ。どこからどう見ても鮫からできたとは思えなかった。

口に含むと、やはり、微かに磯の香りがする。

ラインホルトの気持ちは、これで定まった。

今朝の古都は生憎《あいにく》と、朝から小雨のぱらつく空模様だ。

仕事前に〈金柳の小舟〉の飯場へと向かう〈鮫〉は同僚に肩を叩かれた。

「よかったな、〈鮫〉」

何のことか分からずに肩を竦めて飯場を覗くと、この時間には珍しいことにギルドマスターのラインホルトがいる。他の幹部連中も一緒だ。

「おはようございます」

挨拶をする〈鮫〉の肩に、ラインホルトが優しく手を置いた。

「おめでとう。貴方は新しい飯場の頭《かしら》に内定しました」

えっと思わず声が出る。

飯場頭の地位に憧れない人足などいない。人に誇れる地位だ。だが、〈鮫〉は自分が選ばれることだけはないと思っていた。

〈金柳の小舟〉は歴史のあるギルドで、新参には厳しいからだ。それに、過去の件もあった。

「しかし、ラインホルトさん……」

下手に喜んで、後からがっかりするのは御免だ。きっとこの年若いギルドマスターは過去のいきさつを知らないのだろう。ここははっきり言っておかねばならない。

だが、説明しようとする〈鮫〉をラインホルトは優しく遮った。

「過去の件は、しっかりと調べさせてもらいました。その上で、貴方はしっかりと更生し、ギルドの為に尽力してくれている。その今の姿と、これからの働きにギルドは報《むく》いなければならない」

〈鮫〉は、思わず跪《ひざまず》きそうになった。

自分を拾ってくれた先代ギルドマスターの姿が、ラインホルトに重なったのだ。

「一緒に、〈金柳の小舟〉を盛り立てていきましょう」

ラインホルトが、飯場の入り口から見える運河を指さす。

その先は、遥か大海まで続いているのだ。

双子のお披露目

紅葉《もみじ》のように小さな二対《につい》の掌《てのひら》が宙を彷徨《さまよ》う。

「エーミール、ヨハンナ、ほら、じっとして」

ベルトホルトとヘルミーナの子供たちだ。

カウンターに座る両親の腕の中へ収まって、物珍しさからか普段と違う天井を掴もうと一所懸命に小さな手を動かしている。

今日は、双子のお披露目だ。

昼営業が終わり、夜の本営業前のちょっとした時間に、ベルトホルトとヘルミーナが子供を抱き抱えて居酒屋のぶを訪ねて来た。

ベルトホルトが親子連れで店を訪れたのは、はじめてのことだ。

この辺り一帯では、首の据《す》わる頃合いを見てお世話になった人々に赤ん坊を見せて回る。

まだ古帝国がここに都市を築く前からの慣わしだというから、大したものだ。

何故かこういうことに詳しいエーファの話によると、古都《アイテーリア》ができるよりも前、妖精《アールヴ》の闊歩《かっぽ》していた時代からの行事なのだとか。

本寸法でのお披露目では大王樫《かし》の古木に生える宿り木を赤子に握らせるのだというが、今ではもうほとんど手に入らない。

代わりに使うのは、葉の形の似たニタリミストルトゥの枝を使う。

普通であれば赤ん坊の首が据わるのにはもう少しかかるものだが、そこはベルトホルトの子供だからなのだろう。しのぶから見ても、既にしっかりと据わっているようだ。

「ああ、痛い痛い」

父のベルトホルトの頬肉を引っ張って、あーと声を上げているのが、娘のヨハンナ。母のヘルミーナの腕の中から周囲の人々を興味深げに観察しているのが、息子のエーミールだ。

名はエトヴィン助祭の意見も容れながら、両親で考えたのだという。

どちらも愛らしいが、しのぶの目にはエーミールはヘルミーナ似、ヨハンナはベルトホルト似に見える。

古くは一族郎党を挙げての大宴会を催したそうだが、最近では随分と慎《つつ》ましやかなものになった。

代わりに、お披露目で赤ん坊を見せてもらった人たちは、子供たちの将来の活躍を祈念して、親に料理を振る舞ったり、何某《なにがし》かの贈り物をしたりするのだという。

ベルトホルトとヘルミーナが〝いの一番〟に訪れたのが、この居酒屋のぶだった。

「二人とも、静かでいい子ですね」

弟妹の世話に慣れているエーファがそう微笑むと、〈鬼〉のベルトホルトは情けなく苦笑した。

「俺たちが抱えているうちは、機嫌がいいんだ。泣き出しても、ほんの少しあやしてやればすぐに収まる。ところが、まぁ……」

日中は衛兵中隊長として働きへ出ているベルトホルトは、妻ヘルミーナと二人の子供のために手伝いを二人も雇ったのだそうだ。

まだ右も左も分からないような赤子だが、親の顔だけはよく分かるらしい。

ヘルミーナかベルトホルトの抱きかかえている時にはてれりと笑っているこの二人が、他の人の腕へ抱かれると火の付いたように泣き出す。

「お陰でまぁお手伝いさんたちもひぃひぃ言っててなぁ。ヘルミーナも俺も、落ち着いて飯を食う暇もないというわけさ」

折角雇ったお手伝いさんもこれには困り果てたが、辛抱強く接することで、最近は漸《ようや》く少しずつ慣れてきたのだという。

それでもお気に入りはやはり両親だということで、ベルトホルトも家に帰れば子育てにかかり切りらしい。

「ベルトホルトさんは子育てを手伝って偉いですね」

しのぶがそう言うと、ヘルミーナが口元で笑う。

「はじめはおっかなびっくりだったんですけど、可愛くて仕方がないみたいなんですよ」

見様見真似で子供たちの襁褓《むつき》を替えるというベルトホルトだが、〈鬼〉と呼ばれた男も変われば変わるものだ。

もちろん、仕事にも手を抜かない。

子供にお金のことで苦労はさせまいと、今のベルトホルトはいつも以上に中隊長としての業務に精を出しているという。

ハンスとニコラウスが抜けた穴を埋めるためということもある。

古都の市参事会からの覚えめでたいとはいえ、ベルトホルトも一介の衛兵中隊長に過ぎない。だからこそ、こつこつ働いて賃金を稼がないといけないのだ。

なんと言っても、生まれたのが一人ではなく、二人。

王子様とお姫様のように丁重に、とはいかないが、せめて人並みには育ててやりたいそうだ。

しのぶから見ても、よくできた父親だと思う。

ほとほと困り果てた顔のベルトホルトだが、本心では困ることが嬉しい、といった風情だ。

〈鬼〉のベルトホルトが遠縁の娘であるヘルミーナを娶《めと》ったのは、まだ居酒屋のぶが古都へ繋がったばかりの頃だ。

過ぎ去った日々のことを、しのぶは想う。

イカ漁師の娘であるヘルミーナとの見合いのために、イカ嫌いを克服したベルトホルト。

鰻《うなぎ》弁当と、大繁盛の日々。

バッケスホーフ事件なんていうのもあった。

歳の差婚の二人だが、とても仲睦まじい。双子を抱える二人は幸せそのものの表情だ。

エーファの差し出した人差し指を小さな掌で掴もうとするヨハンナの勝気な瞳は、父親のベルトホルト譲りだろう。

対して眠そうに欠伸《あくび》をするエーミールは目元に母親であるヘルミーナの面影がある。

赤ん坊というものは、どうして見ていて飽きないのだろう。

双子を見つめているとしのぶも思わず口元が綻《ほころ》んでしまった。

「どうします、お二方。何か軽くお腹に詰めていきますか？」

　夜の支度に鮫の身を叩きながら、信之が尋ねる。

　このところ鮫に凝っている信之は、鮫皮のおろし器まで買ってしまう有り様だ。店で手作りすると、かまぼこや竹輪も一味違って面白い。

「ありがたい、ちょうど小腹が空いてたんだ」

　聞けば、お披露目はこれからが本番。

　衛兵隊の詰め所から教会まで、あちこち歩きまわる羽目になるのだという。

　何かしら振る舞ってくれる人もいるにはいるが、たっぷり食べる暇はないはずだ。

「ヘルミーナは何が食べたい？」

　まず妻の希望を尋ねるベルトホルトに、ヘルミーナは恥ずかしげに俯いた。

「……実は」

　恥ずかしそうに顔を伏せ、ヘルミーナは「ヒツマブシを……」と呟く。

　聞けば、双子を産んでから長く貧血に悩まされているのだという。

「薬師のイングリドさんに伺ったら、ウナギのゼリー寄せが貧血には効く、ということだったんですけれど」

　ああ、としのぶも苦笑いするしかない。

　鰻のゼリー寄せも丁寧に調理すれば美味しく食べられるはずだ。

しかし、古都で屋台を出す店は簡便さの方を優先して、味の方はあまり顧慮《こりょ》しないという話はニコラウスから聞かされていた。

「それでどうしても、またノブのヒツマブシが食べたくなったんです」

そういうことならば喜んで、と信之が早速鰻の調理にとりかかる。

夜の本営業で鰻の茶碗蒸しを出そうと下拵《したごしら》えだけは済ませてあったから、支度にもそれほどかからないはずだ。

「ベルトホルトさんはどうされますか？」

尋ねると少し思案顔を浮かべたベルトホルトだが、すぐに口元だけで笑ってみせた。

「あ、いや。俺はやっぱり、遠慮しておこうかな。考えてみればそれほど腹も減っていなかった気がするし」

妙な言葉に、しのぶは思わず信之と顔を見合わせる。

ほんの今しがた、ベルトホルトは小腹が空いたと言ったばかりではないか。まるで謎かけでもしているような言動だったが、エーファだけは何かに気付いたように頷いている。

「ね、エーファちゃん、どういうことなの？」

しのぶが小声で尋ねると、エーファは耳元に手を添えて答えた。

「赤ん坊が、泣くからですよ」

双子が大人しいのは両親に抱かれている時だけだとすると、食事の時でも両親のいずれかは、必ず双子を抱いていなければならない。

子供をあやすのが得意なエーファが言うのだから、そうなのだろう。

となると、店で食事を摂る時にはなかなか厄介だ。

店員や他の客に預ければ、双子が泣くことは避けられない。

ヘルミーナかベルトホルトが双子の両方を抱えておくという方法もあるが、抱えている方の頼んだ料理は目の前で冷めてしまう。

つまりベルトホルトは自己犠牲の精神で、ヘルミーナにだけ鰻を食べさせようというのだろう。

父親らしい覚悟だと思うが、しのぶとしては折角なのだから何か食べていってもらいたいという気持ちがあった。

実家の〈ゆきつな〉ではどうしていたか思い出そうとするのだが、不思議と思い当たらない。考えてみれば当たり前で、〈ゆきつな〉では予約の段階で赤子連れは断っていたのだ。

政治家や文化人も訪れる店だからと、色々なお客を断っていたことはしのぶも知っている。祖父はその辺りの融通を利かせたようだが、父は頑《かたく》なだった。

格式、というのはなんとも難しいものだ。

だが、ここはあくまでもただの居酒屋。

暖簾を潜ったお客さんを美味しい食事とお酒とでもてなすのが本義のお店だ。

どうしたものかと顎に人差し指を当てて考えるしのぶの脳裏に、一つの案が過った。

「ね、大将」

蒸した鰻をひつまぶし用に焼いている信之に、そっと耳打ちをする。

信之は小さく頷いただけだが、口元は笑みで綻んでいた。同意してくれたようだ。

鰻を炙るじうじうと旨そうな音と香りが店内を優しく満たしていく。

乳離れはまだまだ先だが、双子がこの店で鰻を食べる日も来るのだろうか。

あーあーと虚空を掴もうとするヨハンナと、沈思黙考するように親指を咥《くわ》えるエーミール。

対照的な双子を見ていると、胸の辺りが温かくなる。

「さ、お待ち遠さま」

目の前に供されるひつまぶしの御櫃《おひつ》に、ヘルミーナが嬉しそうな声を漏らした。

双子を両脇に抱えるベルトホルトの鼻も、鰻の香りにひくひくと動いている。

「ヒツマブシを食べるのも、本当に久しぶり……」

木匙《きさじ》を操《あやつ》る手も軽やかに、ヘルミーナがひつまぶしを口へ運んだ。

育児の疲れが浮かんでいた表情が、ひつまぶしの米粒のようにほろりと綻ぶ。

左手を頬に添え、口の中へ広がる幸せに微笑みながら、ヘルミーナはひつまぶしを平らげていく。

母は強し、というが、居酒屋のぶで勤めていた時よりも食欲は旺盛だ、二人分の乳を出さねばならないのだから、当然なのかもしれない。

思わずこちらも食べたくなってしまいそうな、素敵な食べっぷり。

ベルトホルトに抱えられた双子は大きな声を出すこともなく、神妙な面持《おもも》ちで母親の食事を見るともなしに見つめている。

そんな家族四人の姿を眺めながら、信之とハンスは手際よく油を温めはじめた。

温まった油に、下拵えを済ませた若鳥の胸肉ともも肉がさっと躍り込む。

「お、ワカドリのカラアゲか」

カラカラという心地よい揚げ音に、ベルトホルトが目を細めた。

自分に出されるものだとは思っていないのだろう。

味付けはもちろん、ベルトホルトのお好みの塩だ。

「ヒツマブシ、とっても美味しかったです」

ヘルミーナが、木匙を置く。ちょうどそのタイミングで、唐揚げの皿がカウンターに並んだ。

「はい、ベルトホルトさん。若鶏の唐揚げですよ」

「え、でも……」

戸惑いの表情を浮かべるベルトホルトから、ヘルミーナが双子をさっと受け取る。

「さ、貴方。タイショーとシノブさんのお気持ちですから」

あ、ああ、と答えながら、ベルトホルトが唐揚げに齧り付く。

実に美味そうな食べっぷりだ。

両親に同じタイミングで料理を出せば冷めてしまう。

それならば、時間差で出せばいいのだ。

たったそれだけのことだが、これもまたおもてなしだろう。

なぜか頻《しき》りに感心しながらベルトホルトが唐揚げに舌鼓《したつづみ》を打つ。

ひつまぶしを食べたから、というわけでもないのだろうが、ヘルミーナも店へ来た時より顔色がいい。

貧血に鰻がいいというのなら、これからはヘルミーナに鰻の弁当を差し入れてみるというのはどうだろうか。しのぶには、いい思い付きのような気がした。

お手伝いさんを二人雇っているということだが、食事の準備をしなくてよくなれば、その二人も他のことに注力できるだろう。

子育てというのは色々と手のかかることだというから、少しでも負担は減らしてあげたいというのが人情だ。

そういえば昼営業がはじまってからは鰻弁当のことはすっかり忘れていた。

だが、ヘルミーナのような需要も考えてみればまだまだあるに違いない。何も母親だけではない。他にも弁当を喜ぶ人は少なくないのではないだろうか。

肉汁たっぷりの揚げたて唐揚げを堪能していたベルトホルトが、ぽつりと呟く。

「やっぱり、カラアゲは美味い。美味いんだが……」

「美味いんだが？」

しのぶが尋ねると、ベルトホルトが肩を竦める。

「これでトリアエズナマが飲めないというのは、実に残酷だな」

店内に、笑顔と笑いが満ちた。

こういう何気ない一瞬一瞬に、しのぶは「店をやっていてよかった」と感じるのだ。

唐揚げを食べ終えたベルトホルトとヘルミーナは、ヨハンナとエーミールのお披露目の続きへ出かけて行った。

翌日から、古都の衛兵隊で時間差攻撃の訓練がはじまったというが、その理由を知っている者は、誰もいない。

新メニュー

独り晩酌

異世界居酒屋のぶ

ぽたり、と水滴が落ちた。

店の中には誰もいない。

ただ暗闇と静寂だけが厨房を満たしている。

しのぶも、エーファも、ハンスも、リオンティーヌも帰した店内に、信之は独りで目を閉じて立っていた。

ぽたり、とまた水音が聞こえる。

掃除を終え、仕込みも終わり、一切するべきことのない時間。

この空白を信之は好いていた。

落ち着いた気持ちでこの時間を迎えられることは、ほとんどない。

料亭〈ゆきつな〉にいた時には、絶対に考えられなかった。

毎日何かに心が粟立ち、怒りとも諦めとも付かないものに心を支配されていた、という気がする。

独立してこの居酒屋のぶを構えてからというもの、そういうものとは無縁になった。

もちろん、色々な問題はある。

それでも全ての責任が自分にあるということは、信之の心を身軽にさせた。

誰かのせいにしなくてもいい。

誰かのせいにしてしまっている自分に、罪悪感を抱かなくてもいい。

師匠である塔原が事あるごとに「一国一城の主を目指せ」と言っていたのが、今になって信之にはよく分かる。

売れなくても、自分の責任。

仕入れ過ぎても、自分の責任。

部下がしくじっても、自分の責任。

そう考えると、本当に色々なものから解放されたのだと思う。

ぽたり、と水音がまた聞こえた。

ゴムパッキンをそろそろ替えないといけないな、と思いつつ、信之は心地よい疲労感に包まれている。

眠いのとは、また違っていた。飲んでいないから、酩酊しているわけでもない。

ただただ満足感と幸せな疲れが、風呂上がりのひと時のような幸福感をもたらしてくれている。

「……一杯、飲むか」

リオンティーヌが酒の味を覚えたいと飲んでいるから随分とコレクションは目減りしているものの、それでも結構な銘柄がここには並んでいる。

時々瓶が増えているのは、しのぶがこっそりと塔原から貰っているのだろうと信之は睨んでいた。

ここは一つ変わり種にも挑戦しようと、じゃんぱんに手を伸ばす。

発泡する日本酒は徐々に増えていて、女性に人気だという話は信之も知っていた。こういうものも、古都のお客には合っているかもしれない。

その前に、肴だ。

一杯入れてからでは色々と億劫になりそうな気配もあった。

あまり手の込んだものは面倒だからと、隠しておいた厚切りのベーコンを探す。

脂のコクと発砲する日本酒の相性も悪くなさそうだ。

しかし、見つからない。

「……またしのぶちゃんかな」

隠していた晩酌用のベーコンをパスタに使われてはじめこそ腹も立ったが、今ではもう慣れっこになってしまった。

二人の共有物。

そういうものだと思えば特に気にならない。

できれば使ったと一言伝えておいて欲しいと思う程度である。

となると、問題となるのは肴だ。

どうしたものかと見回して、ちょうど茄子が目に入った。

こいつを縦に薄切りにし、すき焼きのように煮てやる。

それを行儀悪く鍋から取って溶き卵に絡めながら食べるのだ。

思いつきだったが、意外にいける。

とろとろの卵が、すき焼きのタレをしっかり吸った茄子と絡み合って、絶妙の甘辛さになったところを、優しく包み込むのだ。

「あふっ」

口の中が、熱さと甘辛さとで騒がしくなったところに、キュッと一杯。

優しい炭酸が口の中を洗い流し、後味が日本酒であることをしっかり主張する。

「……これはいいな」

茄子だけのつもりだったが、鍋に豆腐とエノキ、それから人参も投入した。

主役の肉がいないというだけで、もうちょっとしたすき焼きといっていい。

くつくつと煮えているところを、順番も考えずに適当に食べる。

普段の律儀さからは考えられない、雑な食べ方だ。

だが、その雑な食べ方がまた、面白く、楽しい。
エノキのしゃくしゃくとした歯応え。
豆腐のほろりとした歯触り。
茄子のしなっとしたところを口に放り込んで、酒を一口。
誰もいない店。誰もいない厨房。そして、独りでの酒。
この至福を、なんと喩えればよいのだろう。
食べて飲んでいるうちに、信之は段々面白くなってきた。
茄子を煮ただけでは、すき焼きではない。
エノキだけでも、豆腐だけでもそうだろう。
だが、これだけ揃ってくると、肉がなくてもすき焼きになる。
この一個の鍋をすき焼きとして成り立たせているのは、雰囲気に過ぎない。
居酒屋も、そうかもしれないな。
口に出さず、酒と一緒に信之は飲み下す。
料理人が主役ではない。
看板娘が主役でもない。
やって来る客の顔ぶれは毎日違っている。
それでも居酒屋のぶは居酒屋のぶだし、すき焼きはすき焼きだ。

茄子の代わりに春菊を入れても、糸コンニャクを入れても、すき焼きはすき焼き。

そう考えると、居酒屋もすき焼きも、実態がない。

すき焼きを楽しみにする子供はもちろん肉を楽しみにしているわけだけれど、肉だけを食べるわけでもないし、居酒屋を楽しみにやって来る大人も酒と肴さえあれば、寒風吹き荒ぶ屋外でも構わないというわけではないに違いない。

つまり、居酒屋の主人公は、居酒屋なんじゃないか。

すき焼きの主役が、本当は肉ではなく、すき焼きそのものであるように。

今日は何を食べさせてくれるのかという期待感。

今日は誰と何を話するのかという高揚感だけが、居酒屋を居酒屋として成り立たせている。

そう考えると、信之の責任は重大だ。

添え物であるからこそ、絶対に期待を裏切ってはならない。

「ふふ……ははは」

不思議だ。

とても不思議だ。

酒と肴を目的にお客が来るのなら気が楽なのに、それ以外を目的に来るのならしっかりしなければならないという考えは、てんであべこべだ。

それでも、信之にはそれが真実だという風に思える。

「……おっと、もうなくなったか」

気が付けば、酒はもうなくなっていた。

瓶に半分は残っていたはずだから、随分と飲んだことになる。

ほんの少し、惜しい気がした。

この多幸感を、もう少しだけ味わっていたい。

ぽたり、とまた水の音。

空の酒器を見つめ、信之は呟く。

「……明日に響くし、もう止めにするか」

席を立ち、自分の座っていた席を、払った。

たまに、こういう日を作ってもいいな、という気分が湧いてきている。

しのぶちゃんやハンス、リオンティーヌも、営業中には言い出しにくいことがあるだろう。

それを聞きながら、酒を酌み交わすだけの時間。

無理強いはしない。

自然とそういう風ななりゆきになった時だけの、秘密の飲み会だ。

せっかくのいい酒を、無理矢理飲ませるほど惜しいことはない。

〈ゆきつな〉時代、そうやって無理に飲まされる酒を、随分と見てきた。師である塔原は絶対に信之たちに無理矢理酒を飲ませることはなかったが、同業の板前は随分と上役から飲まされたとも聞いている。

全て、善意でだ。

善意の押し付けもまた、難しい問題だ。

よい酒を飲むというのは、もっと落ち着いて、緩やかで、自然で、当たり前の時間であって欲しい。

我が儘かもしれないが、信之にとっては、大きな問題だった。

飲み終わった酒器と、食べ終わった食器を洗いながら、明後日のお通しを考える。

季節、気温、天気、旬。

考えるべきことは無数にある。

お通しで試してみたい技法も、あった。

そんなことを考えながら洗っていると、片付けはすぐに終わってしまうものだ。

最後に神棚に手を合わせ、明日の無事を願う。

心構えが変わろうと、することは同じだ。

客を迎え、美味しい酒と肴でもてなす。

それ以外にすることはなく、それだけを完璧にこなす。
多くの人生が居酒屋を通過していくのを、信之は見ていることしかできない。
願わくば、この人たちがよりよい人生を歩みますように。
全て元通りに片付けて、信之は二階の自室へ戻っていく。
ぽたり、という音は、もう気にならなくなっていた。

ロレバウトの近視

陽の落ちるのが、随分と早くなった。

〈馬丁宿〉通りには秋虫の鳴き声がどこからともなく響いている。

世の中には色々な人間がいるものだ。

色々な人間がいる以上、色々な客がいる。

男も女も、貴族も僧侶も平民も、素性のはっきりした者も、そうでない者も。

衛兵をやっていた時から感じていたことだが、居酒屋ノブに勤めるようになって、その思いはますます強くなった。

今日も居酒屋ノブは、多くの客で賑わっている。

オトーシは、ローストビーフ《リンダー・ブラーテン》。

ハンスも試食したが、肉汁の溢れ出す赤身の牛肉と添えられたポテトサラダが絶妙の相性で、ついついトリアエズナマが進んでしまう逸品だ。二切れが小皿に盛られたオトーシだが、もっと食べたいと先刻から注文が引きも切らない。

味見をしたエーファも随分と気に入っているようだった。

「これだ、ハンス。肉を焼くというのは〝肉汁を閉じ込める〟ということなんだ。この火加減を覚えるんだ」

タイショーからの指導ではない。

シノブからの叱責でもない。

カウンターの向こうに座る、客からの〝助言〟だ。

美味そうにローストビーフに舌鼓を打ちながら、肉の削《そ》ぎ切りや盛り付けにまで細かく口を挟んでくる。

リューと名乗るその客がノブを訪れるようになったのは、つい最近のことだった。

昼営業には滅多に来ず、姿を見せるのは夜がほとんどだ。

恐らく、偽名か何かだろう。この辺りでリューなんていう名前を聞いたことはない。

書き入れ時にやって来てはずっと厨房の中を睨むように見つめ、タイショーやハンスに何某《なにがし》かの言葉をかける奇行も、数回続けば気にならなくなる。

他のお客の迷惑になるからとはじめこそリオンティーヌが注意をしていたが、最近では楽しんで耳を傾けることにしたようだ。

悔しいのは、言葉がいちいち的確だということだった。

きっとどこかの店の料理人なのだろうとハンスは睨んでいる。

古都《アイテーリア》には数えきれないほどの酒場や料理屋、宿屋があり、街に暮らす貴族の中にはお抱えの料理人を抱えている者も少なくない。来客や催し物の時だけ臨時で雇い入れられる料理人の数も合わせれば、ちょっとした数になるはずだ。

ハンスの手際にちょっとした口を挟む以外、その視線は常にタイショーの手元に注がれ、一挙手一投足も見逃すまいとしていることが窺える。

身なりを見れば、それなりの店に勤めているだろうことは分かるが、どこの店かとまでは分からなかった。

こんな時、ニコラウスがいればすぐに教えてくれそうだという気もするのだが、生憎と多忙なようで今宵《こよい》は顔を見せていない。

リューと名乗るこの男が、どういうわけで居酒屋ノブに毎日通い詰めているのかは分からない。

はじめこそ少し薄気味悪く感じられたものだが、ハンスとしては注意をしてくれる人間がいるというのはありがたいことだ。

タイショーのやり方とリューのやり方が対立する時には、タイショーの方に従う。それだけ決めておけば、駆け出しのひよっこである自分が色々と教えてもらえるのは喜ぶべきことなのだとハンスは信じることにした。

色々な客、と言えば、テーブル席の三人連れもそうだ。

一人はハンスの兄、フーゴ。

そしてもう一人は、ロンバウト・ビッセリンク。いつも通り、女秘書も一緒だ。帝国西部に覇《は》を唱える大商会の御曹司だと聞いている。

その「御曹司様」が自分の兄と差し向かいでサイコロステーキ定食を食べているという現実が、ハンスにはいまいちピンと来ない。

思えばあの冬の晩、居酒屋ノブでオデンを食べるまで、ハンスはごく普通の衛兵として暮らしていたのだ。その後のことは、まったく別の世界の出来事に感じることがある。

フーゴとロンバウトが話しているのは、眼鏡のことだ。

硝子職人であるフーゴがレンズを研磨し、それを使った眼鏡をロンバウトが売る。レンズの研磨技術は秘事とされていて聖王国《ルプシア》が独占しているから、この商売はうまくいくはずだった。

はずだった、というのは、あまりうまくいっていないということだ。

兄のフーゴにも聞かされているが、眼鏡の売上は完全に頭打ちらしい。

はじめのうちこそ順調だった商売はここにきて曲がり角を迎えているという。

ロンバウトと彼の率いるビッセリンク商会の販売力はさすがとしか言いようがないが、そもそも多くの人々は眼鏡を掛ける習慣がなかった。

「掛けてもらいさえすれば、眼鏡のよさは分かってもらえるはずなのだ」

御曹司の言葉が居酒屋の喧騒の中に空《むな》しく消える。

難しいことだ。

どれだけ美味しい料理も、食べてもらわなければ評価されようがない。

周囲の人間が一人も眼鏡を持っていない状態では、眼鏡を買ってみようという考え自体が起きないだろう。

「ハンス、その肉を出し終わったら、卵を溶いてくれ」

はい、と答えてから卵の在庫を思い出す。

タイショーは尊敬すべき師匠だが、時々発注をし過ぎてしまう悪癖《あくへき》があった。

修業していた頃からの品切れ恐怖症が原因だというが、そのことでいつもしのぶやエーファに怒られて小さくなっている。

ハンスからすれば贅沢《ぜいたく》な話だが、店の裏口から繋がる世界はそれほど豊かなのだろうか。

今回は、卵だ。

レーゾーコの中には、タイショーの仕入れた卵がぎっしり詰まっている。

卵を使った一皿といえば色々と思い浮かぶが、タイショーは何を作るつもりなんだろうか。

ボウルに溶いた卵にタイショーが加えたのは、白身魚のすり身だった。

「あ、伊達巻《だてまき》だ！」

シノブが嬉しそうに声を上げる。

ダテマキ。

また聞いたことのない料理の名前が出てきた。

「シノブさん、ダテマキってどういう意味なんですか？」

エーファが尋ねると、しのぶはふふんと鼻を鳴らす。詳しく答えられることが嬉しいらしい。

「伊達巻っていうのは、伊達政宗《まさむね》っていう昔の人の好物だったんだよ。この伊達政宗っていう人は豪華なものが好きで、今でも私たちの故郷では見栄《みえ》のために……」

その時、テーブル席に座っていたロンバウトが卒然《そつぜん》と立ち上がった。

「それだ！」

「ろ、ロンバウト様……？」

急に立ち上がったロンバウトを、隣に座った秘書が不安げに見上げる。

「ベネディクタ！　ダテだ！　私たちに必要なのは、見栄とダテだったんだ！」

眼鏡のブリッジを中指で押し上げながら、ロンバウトは上機嫌だ。

「あ、あの、どういう意味なんでしょうか？」

状況が掴めていないフーゴの袖《そで》を、ベネディクタが引きながら、小さく首を横に振った。

この状態になったロンバウトには話しかけない方がいい、ということのようだ。

「今、眼鏡販売は行き詰まっている。原因はいくつかあるが、その最大のものは決して高価な値段ばかりではない」

熱っぽく、しかし耳障りなほど大きくもないロンバウトの演説は、溌剌《はつらつ》として聞く者に耳を傾けさせる力がある。タイショーの料理を手伝いながら、ハンスも頭を働かせてみるが、眼鏡の売れない理由にはとんと心当たりがない。

知っている人間で眼鏡を掛けているのはロンバウトとゲーアノート、エトヴィン助祭くらいだろうか。三人とも視力が悪く、金を持っているという共通点がある。

目が悪くなければ眼鏡は必要ないし、金がなければ眼鏡が買えないのだから、当然のことだ。

硝子職人の息子であるハンスには研磨の知識もあるが、今の状況で眼鏡が急に安くなるということは考えにくい。

となると、少々の工夫では眼鏡の売上を格段に伸ばすというのは難しいことのように思える。

「ベネディクタ！」

「ひゃい！」

両手を取って女秘書を立ち上がらせ、語り掛けるロンバウトの口調はどこまでも情熱的だ。

「ベネディクタ、君が必要だ」

「あ、あの、ロンバウト様、それはどういう意味で……」

まさかこの場で愛の告白でもなかろうが、ベネディクトの掌を握りしめるロンバウトは、熱の籠もった目でベネディクタの知的な瞳を見つめた。

「君の名は才媛として多くの貴族や商人の間に広まっている。口にこそ出さないが、自分の娘をそう育てたいと願っている親も少なくないはずだ」

急に褒められてきょとんとしていたベネディクタだが、俯き、小さな声でありがとうございますと応じる。

「そこで、眼鏡だ。いや、敢《あ》えて言うなら、ダテ眼鏡だ」

「ダテ眼鏡……？」

フーゴが怪訝《けげん》な表情を浮かべる。自分が何をすればいいのか分からない、という表情だ。

「以前、フーゴさんは度の入っていないレンズであれば他の職人でも、もっと安価に研磨できると仰《おっしゃ》っていましたね？」

「ええ、それは可能だと思います」

「それを、ベネディクタに掛けさせるのです」

おお、とハンスは内心で喝采《かっさい》した。

ロンバウトのやりたいことが、分かったのだ。

世の中には色々な人間がいるものだ。

色々な人間がいる以上、色々な客もいる。

男も女も、貴族も僧侶も平民も、素性のはっきりした者も、そうでない者も。

しかし、ロンバウトが今まで眼鏡を売っていた相手は、この中のほんの一部だ。

貴族や僧侶、商人の、男。それも金持ちの大人に限られる。

だが、才媛として知られるベネディクタが商談の度に眼鏡を掛けてロンバウトの隣に控えていればどうなるだろうか。

幼い娘を立派に育てたい親、年頃の娘を賢《かしこ》く見せたい親、賢妻《けんさい》を誇りたい夫が、競って買い与えることになるのではないか。

いや、娘や妻、或いは母の方から買って欲しいと願い出ることも考えられる。

そうなればしめたものだ。

眼鏡を掛けることが当たり前になれば、本当に視力が悪い者も眼鏡を掛けることに躊躇《ためら》いがなくなるだろう。

これだけのことを一瞬で考えたとすれば、ロンバウトはやはり大した商人だ。

ロンバウトが皆に意図を言って聞かせる。

ハンスの考えていたこととあまり変わらないが、その話の中には売上見込みの数や、フーゴの下で育てる職人の育成計画にかける年月などの具体的な数字が盛り込まれていた。

隣に控えるベネディクタが早速、羊皮紙《ようひし》に書き連ねていく。

いつでも帳面に付けることができるように持ち歩いているということは、今日のように何かを突然思いつくこともしばしばなのかもしれない。

「さ、焼き上がったぞ」

タイショーがそう言うと、ほのかに甘い香りが店内いっぱいに広がった。

焼き上がったふわふわのダテマキの粗熱《あらねつ》を取りながらオニスダレに載せると、タイショーは手早く巻き取っていく。

「さ、できあがりだ」

包丁を入れると、断面の渦巻きが綺麗に現れた。

盛り付けてカウンターに出すと、みんなが興味深げに皿を覗き込む。

「どれどれ」と手を伸ばしたのは、リューだ。

菓子でもつまむようにひょいと頬張ると、味を吟味《ぎんみ》するように目を閉じて味わう。

「……ほう」

ごくりと飲み込んだリューは、少し考えた後、黙って二つ目に手を伸ばした。

「リューさん、味はどうなんですか？」

エーファが尋ねると、二つ目を半分齧りながらリューが呆れたような表情を浮かべる。

「美味いに決まっているじゃないか。満点だ、満点。これならうちの……じゃない、〈四翼の獅子〉亭のメニューにだって加えられる」

それだけ答えると残りをパクリと口に放り込み、隠し味は何だ、だの、焼き加減の調節は、だのとぶつぶつ言いながら考え込みはじめた。

「さ、みんな召し上がってください」

シノブの言葉に、みんなもわらわらと皿の周りに集まる。

ロンバウトの分も取り分けながら、ベネディクタの表情は険しい。

これから眼鏡の宣伝販売で重役を担《にな》うということに対する重圧を感じているのだ。

それに引き換え、ハンスの兄フーゴはのんびりとしたものだ。

職人にどうやって研磨を教えようかなぁと呟きながら、さっそくダテマキに齧り付いている。

「さ、ロンバウト様。どうぞ召し上がってください」

「ああ、ベネディクタも食べよう。こういうものは作り立てを味わうものだ」

言いながら、二人が同時にダテマキを口に含んだ。

「……ほう」

「……あら」

切り分ける時に出た端の残りを、ハンスも食べてみる。

しっとりと瑞々《みずみず》しい口当たりと、後味の心地よい甘さ。

なるほど、これは美味い。きっと、女性の好む味だろう。

そう思ってベネディクタの方を見ると、やはり口元が綻んでいた。

この笑顔が眼鏡を掛けたところを、想像してみる。

きっと、ダテ眼鏡は成功するに違いない。

ロンバウトもフーゴも、同じことを考えているようだった。

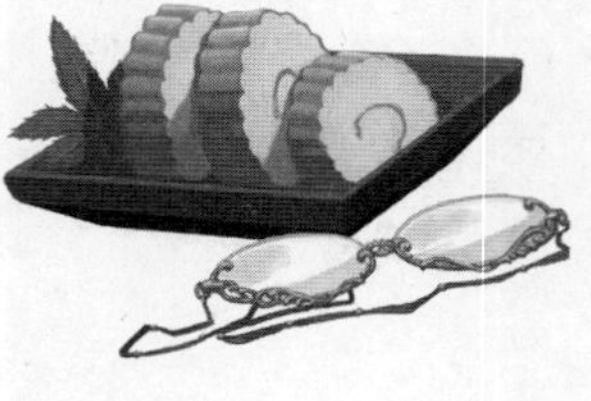

ゲーアノートのお仕事

異世界居酒屋

「……今日はいやに冷えるな」

着ているものの襟《えり》を掻き合わせ、ゲーアノートは古都《アイテーリア》の路地で足を速めた。

冬の夜空には雄月《アールス》と雌月《フェメリア》の双月が寒々しい光を放っている。

石畳の通りをそぞろ歩く人々の職業は、様々だ。

毛織物商人に木工職人、農村から豚を売りに来た農夫がいるかと思えば、水運ギルドの雇われ人夫が僧侶に今日の稼ぎから銅貨を寄附し、貧乏貴族が安酒に酔っ払って恋の詩を歌う。

気持ちよさそうに酔眼《すいがん》で夜道を往く人々も、ゲーアノートの姿を一瞥《いちべつ》すると、ぎょっとして道を譲る。

オールバックに片眼鏡《モノクル》。

ゲーアノートの名は、界隈では苛烈な徴税請負人《ちょうぜいうけおいにん》として知られていた。

職務に精励《せいれい》しているだけで嫌われるのだから、難儀《なんぎ》なものだ。

過酷な仕事には安らぎが必要となる。

よい仕事をするためには、よい休養が不可欠なのだ。

ゲーアノートが目指す居酒屋ノブは、古都でも外れに近い〈馬丁宿〉通りに店を構えている。

ざっかけない酒場や宿屋の軒を連ねる通りの一隅にある一風変わったその店は、味にうるさいゲーアノートにとって掛け替えのないお気に入りの一軒だ。

「いらっしゃいませ！」

「……らっしゃい」

引き戸を開けると心地よい挨拶と共に暖かい空気が流れ出てきた。

暖炉を焚《た》いている様子もないのに不思議なことだとゲーアノートは店を訪れるたびに思うのだが、そんな疑問は美味い食事の前では些細なことだ。

「ご注文は何になさいますか？」

「ナポリタンを。それと、トリアエズナマも」

注文を尋ねられるのももどかしく、ゲーアノートはいつもの料理を注文した。

古都広しといえど、ナポリタンはここでしか食べられない。

「ナポリタンと生ですね！」

シノブ、という名前の女給仕が元気よく応対する。厨房にいるタイショーという料理人も、こちらの注文を聞くと同時に動き出すので、見ていてとても気持ちがいい。

全ての酒場がこうあるべきだというほどゲーアノートは狭量《きょうりょう》ではないが、手際のよい仕事というのは傍《はた》で目にするだけで心が洗われるものだ。

思えばこの店との関わりも随分と長い。

いつの間にか〈馬丁宿〉通りに店を構えた居酒屋ノブから徴税しようと試みた日のことが、まるで昨日のことのように思い出される。

古都では見慣れない料理を出すこの店は身分を問わず、多くの人たちにとって憩いの店となっていた。かく言うゲーアノート自身にとっても、この店はなくてはならないものとなっている。

オシボリで手を拭いながら、店の中を見るともなしに見回す。

店はたいそうな賑わいで、カウンターもテーブル席もほとんどが埋まっていた。

居酒屋ノブで見慣れた面々ばかりかと思えばそうでもない。ここでは普段ほとんど顔を合わせることのない徴税請負人組合の連中だ。

つまり、ゲーアノートとは御同業の間柄ということになる。

同業といっても職業の特性から言って一緒に働くことなどあるはずもないし、むしろ商売敵《がたき》と言った方がしっくりくる。

中には徒党を組んで効率的に徴税しようという連中もいて、その苛斂誅求《かれんちゅうきゅう》な取り立てが徴税請負人の評判を著しく悪くしているのだ。

ゲーアノートとしてはなるべく関わり合いになりたくない面子《メンツ》なのだが、こちらから居酒屋ノブを立ち去る謂《いわ》れなどない。

この店には、ここでしか食べられない魅力的な食事があるのだから。

ふと、ゲーアノートの脳裏に疑念が過《よぎ》った。

常日頃から人相の悪い徴税請負人組合の連中だが、今日は特に顔色が悪い。

見れば食事にも酒にも手を付けていないようだ。

トリアエズナマに、パリパリキャベツ。

ワカドリノカラアゲに〈やみつき馬鈴薯《フライドポテト》〉……。

気分が沈んでいるとでも形容すればいいのだろうか。組合の面々は折角の酒と肴を前にして、虚《うつ》ろな表情で溜め息ばかり吐《つ》いている。

もったいないことだ、とゲーアノートは小さく嘆息した。

一日の終わり、勤労で疲れた肉体と精神とを癒やすべき居酒屋に、生業《なりわい》の憂いは似合わない。

そもそも、沈痛な表情で座っているだけなら家でもできるはずだ。何もわざわざ居酒屋に持ち込む必要はないではないか。

関わり合いにはなりたくない。

そう決意したゲーアノートに、徴税請負人の一人が声をかけてきた。

〈搾《しぼ》り取り〉のヤープという綽名《あだな》で呼ばれている髭面《ひげづら》の請負人は、徴税請負人組合の今年の幹事だったはずだ。

「あの、ゲーアノート、いや、ゲーアノートさん」

わざわざ敬称をつけて呼び直してきたのを無視するのも世間体《せけんてい》が悪い。

さて、どうあしらったものか。

片眼鏡の位置を直しながらゲーアノートはヤープへ愛想笑いを浮かべた。

「これはこれはヤープさん。それに組合の皆さんまで。栄《は》えある古都の徴税請負人組合のお歴々が居酒屋に集まって何の悪巧みですか」

いや悪巧みではなく、と言葉を濁すヤープの表情を見て、ゲーアノートはあることを思い出す。

そういえば、もうそんな時期だった。

くつくつと滾《たぎ》る鍋に、タイショーがパスタをばらりと投じる。

ヤープとその向こうで不安げに身を寄せ合う徴税請負人たちに、ゲーアノートははっきりと宣言した。

「勅任《ちょくにん》監察官の接待なら、お断りしますよ」

徴税請負人というのは、古都の行政を運営する市参事会から委託を受けて税を徴収する職業のことを言う。

一般的な都市と違い、古都は貴族によって治められていない。

都市の住民を統《す》べるのは帝都におわす皇帝陛下その人のみ。帝国に無数に存在する都市の中でも特別な直轄《ちょっかつ》の帝国都市の一つである。

多忙な皇帝陛下が古都の政務を執《と》るわけにはいかないから、住民の代表によって市参事会が選出され、政務を代行することになっていた。その中には当然、住民からの徴税という仕事も含まれている。

しかし、古都に暮らす民の数は膨大だ。税を徴収するといっても、大した手間と労力が必要になる。だが市参事会に名を連ねるのは大商人や職人ギルドのマスターといった名士たちで、当然ながら本業で活躍している人々が大半だ。

そこで、徴税請負人の出番ということになる。

徴税する権限を決まった額で市参事会から買い取り、市民から取り立てる仕事を代行するのだ。

買い取る額は決まっているので、それ以上に取り立てれば取り立てるほど徴税請負人が儲かる仕組みだ。

それ故に、貧乏人から金持ちまで、ゲーアノートたち徴税請負人を目の敵《かたき》にする人間は決して少なくない。

儲けようと思えばいくらでも搾《しぼ》り取ることのできる職業であるから、それを監視する制度が存在する。

それが、勅任監察官だ。

「いけずなことを言わずに、頼むよ……」

ヤープの懇請《こんせい》を無視して、ゲーアノートは今日のオトーシにフォークを伸ばす。

今日は柔らかく出汁で炊いたダイコンだ。

「ほふっ」

口に含むとほろりと崩れ、温かさと旨みが口の中に広がる。

寒空の下を歩いてきた身体に、じんわりと熱が伝わっていくようだ。

徴税請負人たちが普段は寄り付かない〈馬丁宿〉通りにまで足を延ばしてゲーアノートを待ち構えていたのには理由がある。

勅任監察官が、苦手なのだ。

フォン・グリンメルスハウゼンという名の老貴族は、恐ろしいまでに苛烈な監査をすることで知られていた。脳髄《のうずい》の皺《しわ》の全てに数字が刻み込まれているのではないか、と言われる御仁《ごじん》で、先帝コンラート四世の下で辣腕《らつわん》を振るった過去を持つ。

老いてなお帝国に貢献するため勅任監察官という役職を作ったのもこの老貴族だ。謹厳実直《きんげんじっちょく》が服を着て歩いているようなフォン・グリンメルスハウゼン翁《おう》に、どういうわけかゲーアノートは気に入られていた。監査のために滞在する十日ほどの間、何かある度に宿舎である〈四翼の獅子〉亭に呼び出される。

呼び出されること自体は嫌ではない。

ゲーアノートを盾《たて》にすることで、自分たちへの追及を和らげようとする徴税請負人たちの心根が、嫌なのだ。

「面倒ごとは御免です」

シノブの運んできたトリアエズナマのジョッキに口を付けた。

ぐびり。

ぐびり。

ぐびり……。

喉を通り抜けるキレのある苦みが、一日の疲れを洗い流していく。

「無理を承知で、な？」

ゲーアノートとしても頼みを聞いてやりたい気持ちがないではない。

ただ、今は大好物であるところのナポリタンを食べることに集中したかった。

しかし、このままではヤープはナポリタンを味わっている間にも話しかけ続けてくるだろう。それは耐えがたい苦痛だ。

ゲーアノートは観念し、ヤープに尋ねる。

「で、勅任監察官がお見えになるのはいつなのですか？」

〈搾り取り〉のヤープが心底情けない表情で答えた。

「それが、明日なんだよ」


今回の勅任監察官による監査について、ゲーアノートには三つの誤算があった。

一つ目は、監査の日程を事前に把握できていなかった、ということだ。

これは他の徴税請負人たちも同様で、ほとんど抜き打ちに近い状態で監査を受けることとなった。

普段から誰に見られても恥ずかしくない帳簿を用意しているゲーアノートならいざ知らず、杜撰《ずさん》な管理と樽勘定《ドンブリかんじょう》で済ませている他の徴税請負人組合の連中にとっては死活問題に違いない。

二つ目は、監査の方式が変わったということだ。

前回は情報の収集と情状の酌量《しゃくりょう》のために面談の時間がたっぷりと確保されていたが、今回はそれがない。

帳簿の数字は嘘を吐かないとばかりに、厳正かつ苛烈な監査が行われることは間違いがなさそうだ。

各々《おのおの》の抱える案件の全てに監察官が耳を傾ける必要はないが、それでも汲《く》み取ってもらうべき事情はあるはずなのだが。

そして、三つ目。

「はじめまして。私がオットー・フォン・グリンメルスハウゼンです。この度、祖父の引退に伴い、勅任監察官の職を新たに拝命いたしました。畏《おそ》れ多くも皇帝コンラート五世陛下の名代《みょうだい》として皆さんの監査を務めさせて頂きます。若輩者《じゃくはいもの》ですが、以後、よろしく」

やって来た勅任監察官が、代替わりしていた、ということだ。

「過度の接待や賄賂《わいろ》の類いは、厳禁とします」

オットーと名乗った金髪碧眼《へきがん》の青年貴族は、徴税請負人組合の面々を前にきっぱりと言い放った。

古都の中心、河に浮かぶ中洲《なかす》に聳《そび》える議事堂。その市参事会中で最も豪奢《ごうしゃ》な会議室に徴税請負人たちは集められている。

部屋の造りも、調度も、全て一級品。

勅命によって任じられた監察官は、皇帝陛下御自身の名代であるから、徒《あだ》やおろそかに扱うことは許されない。

居並ぶ徴税請負人の面々も大した数だ。

大口の街区をいくつも受け持つ請負人から、五軒から十軒分の徴税を任された小口の請負人まで、古都に住む全ての徴税請負人が一堂に会していた。

その前で堂々と宣言したのだから、本当に賄賂を受け取るつもりはないのだろう。

真面目なことだ、とゲーアノートは肩を竦める。

先代のフォン・グリンメルスハウゼン翁も賄賂や鼻薬の類いは嫌っていたが、はっきりと宣言するようなことはしなかった。

欲がなかったのかどうかは、分からない。ただ、べらぼうに金を持っていたのだ。

少々の賄賂など何の足しにもならならないから、少々の袖の下を渡したところでまったく効果がないということに徴税請負人たちが気付いたのは、数回目の監査の時のことだ。

以来、無駄金を包む請負人は一人もいなくなった。

徴税請負人はこの世で最も金を大切にする人々なのだ。

集められた徴税請負人たちが、帳簿の写しを提出していく。

「〈搾り取り〉のヤープ殿、〈半殺し〉の……」

姓のない者がほとんどで同名の者も多いので、組合名簿に記された二つ名と一緒に名が読み上げられる。

ゲーアノートは〈片眼鏡〉の、と記されているはずだ。

帳簿を提出する時にこっそりと小さな袋を手渡そうとした請負人がいたが、オットーはそれを見逃さず、丁重に突き返した。

有言実行。先代と同じように賄賂に効果がないだけでなく、実際に受け取らないというのは見上げたものだ。

その代わり先代は、酒を嗜《たしな》む人だった。

嗜む、というと少し表現がかわいらし過ぎるかもしれない。

底なし、とでも言うべきだろうか。

とにかく酒杯が目の前にあれば気分よくにこにこと座っている好々爺《こうこうや》で、注げば注いだだけ杯を空にする。

気付けばとんでもない量の酒を一晩で飲み干しているのだが、それが翌日の仕事に差し支えるといったようなことは一度もなかった。

それが、監査の間中毎晩続く。

ゲーアノートが接待役に選ばれたのは、そういう老人の横に座っていて苦にならないということもあった。

しかし、当代のオットーは〝過度な接待〟も遠慮するということだから、あまり酒食を好まないのかもしれない。

真面目なのは結構なことだし、どんな職業に就いている人間であっても、職務に精励する人間はゲーアノートの好むところだ。

仕事ぶりにも問題はなさそうだが、さて。

◆

提出された帳簿の束を捲《めく》りながら、オットーは算盤《アバカス》の珠《たま》を弾く。

珠のぶつかる小気味のよい音だけが部屋を満たしていた。

監査をはじめて三日。事前の準備をおさおさ怠《おこた》りなく済ませておいたこともあって、帳簿の確認は順調に進んでいる。

財貨の出納だけを記した帳簿や単式の簿記、最新の複式簿記を使った帳簿と様々な形式で編まれた帳簿を、オットーは淡々と確認していく。

オットーが古都の監察に全力を投じているのには、理由があった。

これまでにもいくつかの都市を監査しているが、祖父の担当していた都市はこのアイテーリアがはじめてなのだ。

祖父の仕事を、引き継ぐ。

オットーは知らず掌を強く握りしめていた。

ここでの監査では万が一にも手抜かりがあってはいけない。

幼い頃に祖父から仕込まれた算盤術は血肉となり、今のオットーを支えている。

本当は器具を使わずとも頭の中で算盤を弾くことはできるのだが、それをすると奇異の目で見られるから、こうして指で弾いて見せていた。

広い会議室にはオットーの補佐をさせるためにグリンメルスハウゼン家から連れてきた家臣と勅任監察官附きの随員の他には、徴税請負人の代表が一人いるだけだ。

不必要だと断ったのだが、接待役だという。

昨日、一昨日と徴税請負人組合の接待への誘いが続いたが、オットーが全てを断ったので、この一人を残して今日は誰も顔を見せなかった。

〈片眼鏡〉のゲーアノートと言っただろうか。見るからに徴税請負人といった風情の峻厳《しゅんげん》な顔付きの男だ。

オットーに関心もないのか先ほどから部屋の調度を眺めたり、窓の外を見つめたりとオットーの機嫌を窺う気配すらない。言ってしまえば、ただそこにいるだけなのだ。

これは、珍しい反応だった。古都を訪れるまでにオットーが監査した五つの都市では、徴税請負人の接待役は全員浮足立っていたものだ。

皆、疚《やま》しいところがあったのだろう。

事実、他の都市での徴税請負人たちの帳簿はなかなかに酷いありさまだった。

帝国では徴税請負人の取り分を、概《おおむ》ね一割程度と定めている。

市参事会から銀貨一〇〇枚の徴税権を買い取った請負人は一一〇枚までの取り立てを行ってもよい、ということだ。それを超えて徴税するものは市参事会から是正《ぜせい》勧告があり、悪質な徴税が続くようであれば請負人の籍を剥奪《はくだつ》される。

ところが、実際にはどうだ。

過大な取り立てと過少な申告は当たり前。

徴税権銀貨一〇〇枚に対して一〇〇〇枚の徴税を行っておきながら、市参事会には僅かに九〇枚しか徴税できなかったと過少に報告している者さえかつてはいたというではないか。

当然、このような悪辣《あくらつ》な請負人は入獄《にゅうごく》させるか、帝国から永久追放という厳しい罰に処される。

徴税請負人なんていうものは、そういう連中だ。

暖炉で薪《まき》が爆《は》ぜる。

祖父は手緩かったのではないか、とオットーは睨んでいた。尊敬する祖父だが、先帝に働きかけて勅任監察官の職を創設した時には既に高齢だったということもある。

オットーは、まだ若い。

他の職も勧められたが、勅任監察官の職務を志願したのは、偏《ひとえ》に民のためだ。苛烈な徴税は民のためにならない。そればかりか民の怨嗟《えんさ》を敬愛するコンラート五世陛下へ向けることになってしまう。

生涯をかけ、帝国と民の懸《か》け橋となりたいというのが、オットー・フォン・グリンメルスハウゼンの願いであった。

それにしても、とオットーは眉根を寄せる。

台帳に並ぶ徴税請負人たちの名前が、ひどい。

ゲーアノートの〈片眼鏡〉はまだいいとして、〈搾り取り〉だの〈半殺し〉だのと身の毛もよだつ二つ名が並ぶと、税を搾り取られる身分ではないとはいえ怖気《おぞけ》を堪《こら》えるのに努力が必要となる。

いったいこの連中はどういうつもりなのかと尋ねようとしたところで、〈片眼鏡〉の徴税請負人がぽつりと呟いた。

「そろそろ、夕餉《ゆうげ》にいたしましょうか」

古都と名に背負《しお》うだけのことはあり、アイテーリアの街は歴史と風雪に磨き抜かれた枯淡の美がある。

美とは事物にのみ宿るものではない、というのがオットーの自説だ。

文化や風習、例えば料理にもその地方や街、作った人間のそれまで重ねてきた歳月と想いとが香り立つものだとオットーは考えている。

それだけに、オットーは饗宴が苦手だった。

流行りの東王国《オイリア》風のメニューが美味いことは間違いがない。

工夫に工夫を重ねた出汁《フォン》やたれ《ソース》の妙味は天上の調べの如し。

しかし、勅任監察官ともなれば、日々饗応の毎日だ。

旅から旅の生活で胃の腑も弱っているところに、料理の始まりから終わりまで三刻も飲み食いを続ける夕餉を毎日となると、さすがに食傷《しょくしょう》となる。

簡素なものをと頼んでも饗応者は始末に負えない。

技巧に優れた料理人ばかりではないということもまた、問題だった。

帝国と一口に言っても、東西南北に広大な版図を擁《よう》する大陸西岸の大国だから、地方へ行けば様々な都市がある。

中には料理の腕が大したことがなくとも「都市随一」の看板を掲げ、慣れぬ東王国風の料理や聞き齧っただけの帝都の料理を真似して出してくる輩《やから》が後を絶たない。

努力は、認める。

しかし、結果の伴わない努力を賞揚《しょうよう》することも、しない。

美味くもないものを美味いとお為《ため》ごかしを言えるほどの誤った優しさをオットー・フォン・グリンメルスハウゼンは持ち合わせていなかった。

「それでゲーアノートさん、今日はいったいどちらの店へ？」

「少し歩かせてしまいますが、付いてきてください」

月夜の古都は活気に満ちている。

気付けば随分と根《こん》を詰めて仕事をしてしまったものだ。

帳簿の監査に集中しはじめると、ついつい周囲が見えなくなってしまう。

それはそれでいいことではあるのだが、寝食も忘れてしまうのが困りものだった。

物売りや担燈持ち《ファクール》の客引きと酔客たちの間を、二人は縫うように進む。

「ゲーアノートさん、分かっているとは思いますが」

「〝過度の接待は禁止〟ですよね。承知しておりますとも」

その言葉通り、〈片眼鏡〉の徴税請負人は〈四翼の獅子〉亭も〈飛ぶ車輪〉亭も素通りした。

二軒はオットーでも名を耳にしたことのある名店だ。古都で賓客《ひんきゃく》を接待するには欠かせない店だと言われる二店を外したのだから、本当に接待をするつもりはないのかもしれない。

オットーは、俄然ゲーアノートの足の向く先が気になってきた。

これまでの都市では何のかんのと理由を付けては最終的に接待の酒宴が設けられたのだ。接待役の案内で辿り着いた先に、昼間見た徴税請負人と都市の主だった連中、それに近隣の貴族が顔を揃えている。

今回は本当にそういう趣向ではないのかもしれない。

いったい、何が出てくるのか。

逸《はや》る足取りを気取《けど》られないように用心しながら、オットーはゲーアノートを見失わないようについていく。

街並みは次第に高級なそれから実用的なものへと移り変わっていった。

道の両脇に並ぶ邸宅は商店や工房へ姿を変え、道行く人々の服装も華美なものから丈夫なものになる。

オットーは事前に穴の開《あ》くほど見つめた古都の地図を思い返した。確かこの辺りは〈馬丁宿〉通りという名だったはずだ。

果たして、竜が出るか狼が出るか。

緊張するオットーの目の前に、一風変わった居酒屋が忽然《こつぜん》と姿を現した。

店名は、読めない。漆喰と木材で作られた店の構えは周囲とは明らかに違う。

異国風、という言葉で片付けてよいものだろうか。これまでにオットーが目にしたどのような店とも、異なる雰囲気でその店は月の光に照らされている。

〈片眼鏡〉の徴税請負人が、オットーへ向き直った。

「着きました。ここが、居酒屋ノブです」

「いらっしゃいませ！」

「……らっしゃい」

上質そうな硝子の引き戸を開けると、店の中から暖かな空気が流れ出してきた。

驚くほどに明るい。

蜜蝋《みつろう》から作る高級蝋燭でさえこれほどの明るさにするためには幾本いるか見当もつかなかった。

それでいて、蝋燭の臭いは少しもしないのだ。

不思議な店だな。オットーはひとまず、考えることを止めた。ここでは些細なことなど気にしても仕方がなさそうだ。

「二名で予約をしていたゲーアノートだが」

ゲーアノートが名乗ると、お待ちしておりましたと女給仕が元気よく返事する。

案内されたのはカウンター席だ。厨房の中がよく見える。こういう趣向は、グリンメルスハウゼン家の人間が足を運ぶような店ではあまり記憶がない。

「ご注文は如何《いかが》いたしますか？」

女給仕の問いかけに、ゲーアノートが何か飲まれますかと被《かぶ》せてきたので、食前酒を頼んでみる。本当はラガーが好みなのだが、古都ではまず手に入らないだろう。

「料理はそうだな……まずは肉料理を何か適当に見繕ってもらおうか」

手慣れた様子で注文しながら、ゲーアノートは運ばれてきたタオルで手を拭う。

真似してみて、オットーは息を呑んだ。

温かい。

なるほど、悴《かじか》むほどに冷えた指先には、このように温かいタオルは何よりのもてなしとなるわけだ。

すぐに温ワイン《グリューヴァイン》と黄金色のエールが運ばれてきた。

温ワインのグラスもエールのジョッキも、透明な硝子製だ。

オットー・フォン・グリンメルスハウゼンは訝《いぶか》しむ。

やはり、今日のこの店も接待だったのではないだろうか。

曇りのない透明な硝子で作ったジョッキなど、普通に考えれば場末の居酒屋で扱うものではない。

「それではひとまず、乾杯といきましょう」

お疲れ様です、と言いながら、ゲーアノートのジョッキとオットーのグラスが打ち鳴らされる。

一口味わって、思わず口元が綻んだ。

ただ温めただけのワインではない。ワインと一緒にりんごと香辛料を煮込んであるのだろう。甘みと深みのある味わいが、中州からここまで歩いて冷え切った身体に染み渡る。食前酒としては上等の部類だ。

オトーシ、と言って出された芋の煮付けも、また美味い。

馬鈴薯《カルトッフェル》よりもねっとりとしたサトイモという種類のものだという。

この気配り、馬丁の使う居酒屋のものではあるまい。オットーは、そう睨んだ。

ひょっとすると、ゲーアノートという男に嵌《は》められたのではないか。

ありそうな話だった。二日に亘《わた》って接待攻勢を無下《むげ》にされた徴税請負人組合の面々が、密かにこういう店を用意して、料理人も招いておく。

何も知らずにいい気分になった若輩の勅任監察官は、老練な請負人たちの掌の上で踊らされるように監査の手を緩め、彼らは引き続き甘い汁を吸い続けるという筋書きではないだろうか。

これが饗応であるならば、すぐさま宿舎へ帰らねばならない。

そう考えたオットーは椅子から腰を浮かせようとして、止めた。

甘辛い不思議な香りが鍋から漂って来たからだ。

何の匂いだろうか。

鼻腔を擽《くすぐ》るそれに、思わず喉がゴクリと鳴った。

くつくつという小気味のよい音を立てながらとろ火で煮詰められていた料理を、タイショーというらしい料理人が小ぶりな鉢に盛り付ける。

否《いや》が応《おう》でも期待が高まるではないか。

「牛筋の煮込みです」

シノブと名乗った女給仕が運んできた料理を見て、オットーはがっかりした。

出てきたのは、牛の筋だ。

この部位は特に固く、一般的には食用として供するに適さないことは厨房に立たないオットーでさえ知っている。

柔らかく煮込む料理もあるにはあるが、恐ろしく手間の掛かる代物で、それこそ帝都の一流店でしかお目に掛かることはできない。

期待が高まっていたからこそだが、興醒《きょうざ》めだ。

しかし、これはこれでよかったのだろう。ゲーアノートが連れてきたのは正真正銘ただの風変わりな居酒屋で、接待ではない。

それが分かっただけでオットーには十分だった。

「ところでオットー殿、仕事の方は捗《はかど》っておりますか」

急に水を向けられて、オットーは曖昧《あいまい》な笑みを返す。

やはり探りを入れてきたらしい。

「それなりに、というところでしょうか。古都の徴税請負人の皆さんは帳簿の付け方がとても〝綺麗〟ですからね」

綺麗だ、というのはつまり、不正の跡が巧妙に隠されている、ということだ。

よくある帳簿の計算違いや二重の書き込み、微笑ましい誤魔化しの類いはたっぷりと見つけているが、目を瞠《みは》るような大きな不正はまだ見つけていない。

だからといって、不正や、苛烈で不条理な徴税が行われていないというわけではないはずだ。そうでなければ徴税請負人が〈搾り取り〉や〈半殺し〉などという物騒な二つ名を奉《まつ》られている理由がない。

だからオットーは、警告や厳重注意を次々と出している。厳しく接することで、不正の温床《おんしょう》を取り除こうというのだ。

ゲーアノートが美味そうに牛の筋を口に運ぶ。

いくら美味そうな匂いをさせているとは言え、筋は筋だ。よくもまぁ、とオットーは呆れてしまう。

「それなりに進んでいるのなら、大変結構なことです。予定よりも時間も剰《あま》るでしょう。ところでオットー殿は先代殿のように徴税請負人たちから話をお聞きになるおつもりは？」

「ありませんね」

きっぱりと、オットーは言い切った。

返事を聞いて、ゲーアノートは小さく肩を竦める。

二人きりで酒食を共にしているからとて、そうそう気を許したりはしない。

要するにこれは陳情ではないか。

〈片眼鏡〉のゲーアノートは、もっと情状酌量の余地を設けよと頼んでいるのだ。

それだけなら許すこともできようが、あまつさえ祖父の名を出すとは許しがたいことだった。

「僭越《せんえつ》ながらオットー殿、何事も、時間を掛けることは大切ですよ」

本当に僭越な物言いだ。

皇帝の名代であることを殊更笠《ことさらかさ》に着るつもりはないが、諭《さと》すようなゲーアノートの口ぶりには、さしものオットーでさえも少し癇《かん》に障る。

「〝時を掛ければ金を稼ぐことはできるが、金塊を積んでも時の女神は双月の巡りを逆さにはしない〟と言います」

ゲーアノートはそれに答えず、ただオットーの前の牛筋の小鉢を見つめた。

食べてみろ、と促《うなが》された気がして、オットーはフォークを手に取る。供されたものに手を付けないのも、大人げないと思ったからだ。

なるべく小さな部分を選《よ》って、口に含む。

とろり。

舌の上で、何かがとろけた。いや、肉がほぐれたのだ。

何だ、これは。

甘辛く煮付けられた肉の味が、口の中を染め上げていく。

幸せ、という言葉がオットーの頭を駆け巡った。

「タイショー、この肉はどれくらい煮込んだのだ」

思わず口を突いて出た質問に、タイショーは少し驚いた顔をする。

二刻か、それとも三刻か。

いずれにしてもすぐに出せる料理でないことは、オットーにも分かる。

しかしタイショーの答えはオットーの予想したものとは異なっていた。

「三日です」

三日、という言葉を舌の上に転がしてみる。

オットーがこの古都を訪れた日には、タイショーは牛の筋を煮込みはじめていたということだ。

一番大ぶりな肉を、口へ運ぶ。

ほろほろと肉の繊維がほどけ、愉悦《ゆえつ》が舌の上に広がった。

エールのジョッキを傾けるゲーアノートの横顔を見つめる。

時間を掛けろ、というためだけに、この料理を食べさせたのだろうか。

ぷるぷる、とろとろ。

牛筋の味わいに、堪《たま》らずトリアエズナマというエールを注文する。

はじめて飲む古都の酒だが、舌の上をさっと洗い流すような味は、エールというよりもラガーに近い。

「時間を掛けるのも、悪くないものでしょう」

ナポリタンという料理を注文しながら、ゲーアノートが手にしたトリアエズナマのジョッキをオットーのものと打ち合わせる。

「時と場合による、とだけお答えしておきましょう」

最後に残っていた牛筋の煮込みを、頬張った。

目を瞑り、馥郁《ふくいく》たる肉の味を噛みしめ、余韻を楽しむ。

確かに時間を掛けるのも、たまには悪くないのかもしれない。

◆

翌日から、若き勅任監察官の仕事ぶりは大いに変わった。

一人一人の徴税請負人と面談し、事情を詳らかにする。これによって時間は掛かるようになったが、それぞれの情状は酌量され、警告や厳重注意の数はぐっと減った。

「なぁ、ゲーアノートさん。いったいどんな魔法を使ったんだい？」

〈搾り取り〉のヤープたち徴税請負人組合の面々に尋ねられても、ゲーアノートには肩を竦めることしかできない。

ただ、三日前にナポリタンを食べ損《そこ》ねたから、接待役の役目を兼ねて居酒屋ノブへ連れて行っただけなのだ。

家業のクルミ搾りを午前中で切り上げて油脂の匂いをぷんぷんさせた〈搾り取り〉のヤープは、一昨日出された厳重注意が取り消されて小躍《こおど》りしている。

古都の徴税請負人は兼業していることも多いので、帳簿に不確かなことがある場合は本業との兼ね合いで確かめなければならないことも多い。

「次、〈半殺し〉さんは会議室へ入ってください」

グリンメルスハウゼン家の人間に呼ばれ、豆のスープが名物の食堂を営む〈半殺し〉がおずおずと扉の奥へ入っていく。

〈半殺し〉の店では、煮込んだ豆を半分だけ潰してスープにとろみを付けているからこの名で呼ばれているのだが、何も知らない人間からすれば物騒きわまりない二つ名かも知れない。

もっとも、弟の方は〈全殺し〉なのでそれよりは幾分マシだろうが。
監察官の態度が変われば、請負人たちの方も心を開く。
これまでは非協力的だった面子も、これで少しは協力的になるだろう。
いいことをしたのだから、今日は自分の好きなものを食べよう。
ゲーアノートはナポリタンの味を思い浮かべながら、会議室の前を後にした。

無味の味

「何か、古都《アイテーリア》らしい料理を出してもらえませんかね」

老人が居酒屋のぶを訪れたのは秋の風が黒雲を連れてきたある晩のことだった。

豊かな白髪の細面《ほそおもて》は、しのぶのはじめて見る顔だ。

カウンターに腰を下ろし、老人が店内を見回す。

視線の運びは、試験官が答案を見るのと同じように執拗《しつよう》だ。

夕方から降りはじめた空模様は次第に崩れていき、今ではすっかり篠突《しのつ》く雨になっている。

お陰で今宵ののぶは開店休業。最近はほぼ毎日暖簾を潜っていたリューと名乗る料理人も、今日は姿を見せていない。エーファとリオンティーヌも帰したから、残っているのはしのぶと信之、それにハンスだけだ。

渡したタオルでぐっしょりと濡れた髪と衣服を拭い、老人は人心地ついたとばかりに小さく吐息を漏らした。

いったい、この老人は何者なのだろうか。
身なりはいい。
黒づくめの恰好は趣味が分かれるだろうが、しのぶの目から見ても仕立ては上等だ。
落ち着いた雰囲気の老人だが、鳶色《とびいろ》の瞳は驚くほどの空虚さを湛《たた》えている。
闇夜に黒づくめの陰気な老人が、一人。
まるで、と考えたところでしのぶは小さく身震いした。
こんな天気だから、不吉なことを考えてしまっただけだろう。
「お飲み物は如何いたしましょう?」
「そうですね……エールを頂きましょうか」
注文されるままに生ビールを出すと、老人はジョッキの中身を一息に飲み干した。
味わう、という風ではない。まるで水でも飲むかのような飲み方だ。
「お嬢さん、済みませんが、同じものか、もう少し酒精の強いものを、もう一杯」
はい、と応じてしのぶは気が付いた。呼気にはほんのりと酒の匂いが漂っている。
既に酒を飲んできているのだろう。
この老人のことが、しのぶはますます分からなくなった。
冷たい雨の降り頻《しき》る晩に、梯子酒《はしござけ》。
寝酒を引っ掛けるために、わざわざ濡れ鼠《ねずみ》になるものだろうか。

「お待たせいたしました。ポテトサラダです」

古都らしい料理を、と頼まれて信之が出したのは、ポテトサラダだ。

エーファの実家で獲れた馬鈴薯を使ったポテトサラダは、肴としてもお通しとしても評判がいい。

先日はローストビーフに添えてみたが、グレービーソースとの相性がとても素晴らしかった。

馬鈴薯を常食する古都らしいといえばとても古都らしい一皿だ。

「どれ……」

しのぶの出したハイボールで唇を湿らせ、老人はポテトサラダを口に含んだ。

一口、二口。

瞑目《めいもく》し、何かを確かめるようにゆっくりと咀嚼《そしゃく》する。

「素晴らしい茹で加減ですね。上に振りかけた粗い胡椒のカリッとした歯ざわりも面白い」

ありがとうございます、と信之が礼を言う。

食べ終わった後の口を拭う所作もごく自然な老人の横顔に、しのぶは誰かの面影を見たような気がした。

だが、それが誰かははっきりと思い出せない。

続いて信之が出したのは、ヒレカツだ。

ボコボコという低い揚げ音がチリチリと高くなると、自然にカツが浮かび上がってくる。

こんがりとした揚げ色のヒレカツも、古都の住人には人気の逸品だ。

以前ブランターノ男爵から注文を受けたシュニッツェルという料理と似ているのだという。

牛や鹿で作ることの多いというシュニッツェルだが、古都の住人は豚肉もこよなく愛しているので、問題なく受け容れられている。

一口サイズのカツを頬張り、またも老人は瞑目した。

しっかりと噛み締める表情から、その内心を窺い知ることはできない。

ヒレカツを飲み下し、老人は満足げな吐息を漏らす。そして、ハイボール。

気付けばかなりのペースでグラスの中身は減っている。

「いい揚げ具合ですね。衣のサクリとした食感と、中の豚肉の柔らかさ。これが両立できるというのは、素晴らしいことです」

褒めながら、またハイボールを一口。グラスに残っていた分を一息に飲み干すと、しのぶにお代わりを促す。

次に持って行った一杯も、老人はすぐに飲み干してしまった。

よほど喉が渇いているのだろうか。それとも。

信之が料理を出し、老人がそれを食べ、簡単な感想を述べる。

盛り付け、食感、口当たり。

感想は多岐《たき》にわたり、老人が料理全般に広く通暁《つうぎょう》していることが分かる。

淡々としたやりとりだが、しのぶから見れば真剣勝負のようだ。

次の料理、次の次の料理、次の次の次の料理と、ハンスに手伝ってもらいながら信之は料理の支度を手際よく進めていく。

老人が多くの料理を食べてみたいのだと察してからは、信之は一皿一皿の量を可能な限り少なく盛り付けるようにしていた。

焼き料理、揚げ料理、蒸し料理。

古都の食材を使い、古都の味覚に合わせ、古都の四季を感じさせる料理たち。

店の外からは雨の音だけが聞こえてくる。

作る者と食べる者、不思議な一体感が、そこにはあった。

一通りのメニューを出し終え、ひと時のささやかな宴《うたげ》は、終焉《しゅうえん》へ向かう。

「お客様、こちらをどうぞ」

冷蔵庫から信之が取り出したのは、先ほど蒸し上げたたまご豆腐だ。

どこからどう見ても、古都らしい料理ではない。

「ふむ、これは……？」

銀の匙でふるりとしたたまご豆腐を掬い、老人が口に含む。

「ああ、なるほど……」

老人の口元が、はじめて綻んだ。

満足したようにハイボールを飲み干し、老人が立ち上がる。

「ありがとう、今日はとても楽しいひと時でした」

懐から金貨を一枚無造作に取り出すと、老人はカウンターに置いた。

「……しかし、古都らしいかどうか、というと、やはり少し違ったように思いますね」

それだけ言い残すと、老人は硝子戸を開け、雨の降る古都の闇へと消えていく。

背中を見送り、ふぅと三人に弛緩《しかん》した空気が流れた。

「そういえばタイショー、どうして最後にタマゴドーフを出したんですか？」

調理器具と食器を手早く丁寧に片付けながらハンスが尋ねる。

しかし、信之は答えない。

しのぶは答えるべきかどうか少し逡巡《しゅんじゅん》してから、ハンスに向き直った。

「さっきのお客さんは、多分、味を感じなくなってるのよ」

えっ、とハンスが素《す》っ頓狂《とんきょう》な声を上げる。

食べる様子もそうだったが、老人の感想は食感や食材の彩りのことに偏《かたよ》っていた。

該博《がいはく》な知識のあることは確かだが、味についてはひとことも触れなかったのも、味覚のことを考えれば却《かえ》って自然だ。

信之が最後にたまご豆腐を出したのは、味覚のない相手でも、たまご豆腐の柔らかな食感なら食べやすいと思ったからだろう。

「でも、あのお爺さん、〈四翼の獅子〉亭の総料理長《グランシェフ》、大リュービクさんですよ」

「え、〈四翼の獅子〉亭って、あの？」

今度はしのぶの驚く番だった。

居酒屋のぶの裏口が古都へ繋がってもう随分になる。

はじめは店のことで掛かり切りだったしのぶも、客の会話から次第に街の様子は朧《おぼろ》げながら掴めるようになってきていた。

中でも気になっていたのは、のぶ以外の料理店の評判だ。

あっちの店の料理はのぶよりも味が濃いだとか、こっちの店で出たあの料理が美味しかっただとか、そういう話にはついつい耳を傾けてしまう。

信之が古都の人々に受け容れてもらえる料理を目指すのなら、そこに手掛かりが隠されていると思ったからだ。

しのぶの聞く限り、客の口の端に上る店でも、〈四翼の獅子〉亭の名前には、常に一定の敬意と誇りが込められていた。

歴史のある店なのだろう。

いつかは〈四翼の獅子〉亭で腹いっぱい食いたい、という客の声は少なくない。

最近は少し調子を落としているようだが、飲食店には色々とあるものだ。

仕入れが変わったり、井戸の不調だったり、厨房の料理人が一人入れ替わったりするだけで客は鋭敏にその変化を舌先でとらえることがある。

店がしっかりしていさえすれば、些細な変化は修正可能な範囲に留まるものだ。問題を乗り越えて、味が更に洗練されることもある。そうやって店の味は年輪を重ねていくものだとしのぶは思っていた。

しかし、その総料理長が、味覚を失っているというのなら、少し話は違ってくる。

料理人の舌は、店の核だ。

何かがずれはじめていることを察知するのは、料理人の舌でなければならない。

しのぶの祖父は料理人たちの舌にはとても気を遣っていた。

弟子入りした者たちにはまず美味いものを食べさせて、舌に覚え込ませる。

料理人としての軸を舌に宿らせるためには、美味いものを食べる必要がある、というのは祖父の持論だった。

味覚がぶれていると思った料理人にはまとまった休みを取らせ、小遣いをやって美味いものを食ってくるようにと旅行へ出させたこともある。

先程の老人の静かな気迫を、しのぶは思い返した。

舌の上手く働かない状態で、料理を吟味する。

目と、鼻、それに食器を通して伝わる触感。

歯触りと、舌触り。喉越しや温度。

あるいは、咀嚼した時の音も判断材料に加えていたかもしれない。

いったいどれほどの難事なのだろうか。

その困難さを、しのぶは想像することさえできない。

味覚の薄れた舌では、信之が今日出した品々を食べるだけでも大変な労力の要る作業だっただろう。

また、雨の音が一段と強くなった。

何か言おうとして、しのぶは口を噤《つぐ》んだ。

信之は既に翌日の昼の仕込みをはじめている。

だが、その表情は、険しい。引き締めた口元からは、強い感情が窺える。

古都らしい料理ではない。

老人のひとことは、信之の心にどう響いたのだろうか。

店を訪れる古都の住人のために味を追求してきた信之だからこそ、あの言葉には感じるものがあったのかもしれない。

横で手伝うハンスも、ただただ無言で手を動かすことしかできないようだ。

テーブルを拭きながら、しのぶは考える。

あの老人は、何のために居酒屋のぶを訪れたのだろうか。

そして、次にあの老人が店を訪れた時、どうやってもてなすのが正しいのだろうか。

見上げた先の神棚は、何も答えてはくれない。

◆

雨音を肴に酒盃《しゅはい》を舐める老人が、二人。

蝋燭の灯火も仄暗い〈四翼の獅子〉亭の一室を、沈黙が満たしている。

豪奢な部屋だ。

古都で一番の名を恣《ほしいまま》にするこの宿でも最も上等に設えられた部屋は、本来であれば皇帝や諸侯といった貴顕《きけん》が投宿するためのものである。

分厚い黒樫《くろかし》の扉が控えめに敲《たた》かれ、開かれた。

入ってきたのは、この宿の総料理長、大リュービクである。

「やあ、リュービク。いい店だったじゃろう」

気軽に声をかけるのは、助祭のエトヴィンだ。

片手の酒盃が寂しくなったのか、独酌《どくしゃく》で高価な林檎酒を注いでいる。

「いい店でしたよ。あれだけ腕のいい料理人なら、息子の代わりにここを継がせてもいいくらいだ」

「これはまた随分と気に入ったもんじゃないか」

軽口でもう一人の老人が応じた。

立派な口髭を蓄えた老人はこの部屋を借りている商人だ。日がな一日この部屋に閉じ籠もり、女中たち相手に九柱戯《リップ・ヴァン》で暇を潰している隠居老人ということになっている。

「それでどうするんじゃ、リューービク」

旧知の気軽さで尋ねるエトヴィンに、大リューービクは顎を撫でながら思案顔になった。

「そこが問題です。経験で言えば今日の……ノブ・タイショーでしたか？　彼の方は大したものだ。あれだけの修練、なかなか積めるものではない。よほどの師と職場に恵まれたのでしょう。才能に慢心して胡坐《あぐら》を掻いていたうちの小倅《こせがれ》に鼻水を炙って飲ませてやりたいくらいです。しかし……」

「しかし？」

先を促すエトヴィンに、大リューービクはもう一人の老人の方を見遣《みや》った。

「ご老公のご要望は、〝古都らしい料理〟ということでしたから」

ご老公と呼ばれた老人は首を竦めた。

「なるほど。リュービクらしい言い訳だ。本当は息子に大役を任せたいのに、そうは言い出せないから責任を儂《わし》に押し付けようという魂胆だな」

「そうは言っていませんよ。ただ、事前の条件を考えると、うちの小倅の方が適任だろう、という程度のことです。両者の実力はほとんど変わらないと言って差し支えありませんから、後はご老公の判断に委ねます」

ふぉっふぉっと老公は愉快そうに口髭を撫でた。

「分かった分かった。そういうことにしておくよ。ここでリュービクの無言の頼みを断ってノブ・タイショーを選んでしまったら、後々まで恨《うら》まれそうだからな」

「恨むだなんて滅相もない。ただ、せっかくの秋の味覚がご老公の食卓に並ぶ量が少しばかり減るだけのことですよ」

頼みの次は脅迫か、と冗談めかして呟きながら、老公は手にした酒盃を干す。

「まぁいい。結果ははじめから決まっていたようなものだ。公正を期すためにエトヴィン助祭のお勧めの料理人も吟味してもらった、というところだ。当初の予定通り、リュービクの息子に例の件は任せるとしよう」

楽しげな老公に対し、エトヴィンは少し不満げだ。

「老公の決めたことじゃ。儂もそれでも異存はない。だが、肝心の息子さんは大丈夫なのか？」

問われて、大リュービクは少し押し黙る。

「……大丈夫、だと思いますよ。あれは妻に似て、本当は強い子だ。きっと立ち直ってくれる」

老公が三つの酒盃に林檎酒を注ぎ、エトヴィンと大リュービクに手渡した。

「まぁ何はともあれ、話はまとまった。まずは乾杯と行こうじゃないか」

部屋に、乾杯《プロージット》の声と、酒盃の打ち合わされる涼しげな音が響く。

「それでリュービク、今日は何を食べてきたんじゃ」

「エトヴィンさんの言う通り、シュニッツェルは出てきましたよ。面白かったのは、最後に出てきた玉子の蒸し料理でしたね」

「ほほう、チャワンムシか。あれは美味いからの」

「いえ、そういう名前ではありませんでしたね。確か……タマゴドーフ、でしたか」

「む、それは儂も食べたことのない奴じゃな……どうしよう。こちらから頼むとリュービクとの繋がりを疑われるし……うぅむ」

二人の居酒屋談義を眺めながら、老公が楽しげに酒盃を傾けた。

こうしてみると、あの頃と何も変わらないように見える。

ただ、三人とも年を重ねただけだ。

明日からは忙しくなる。

子煩悩《こぼんのう》なリュービクのことは笑えないと、老公ウィレム・ビッセリンクは肩を竦めるのだった。

秋の海鮮親子丼

やってしまった、かもしれない。

秋風のように寂しくなった懐《ふところ》を押さえながら、マルコは古都《アイテーリア》の路地をとぼとぼと歩く。

つい今しがた大きな取引を終えたばかりのマルコの胸に去来しているのは秋の空にも似て、やり遂げたという達成感と、これでよかったのかという不安の綯交《ないま》ぜになった複雑な感情だった。

その日暮らしの遍歴商人からは足を洗い、地に足付けた商売をはじめようと大きな決断をしてはみたものの、やはり早まったという思いが強い。

店を、買った。

買ったとは言ってもこれまでの蓄財をほとんど吐き出し、それ以外にもあちこちから金を掻き集めての話だが、それでも名義はマルコのものだ。

はっきり言って、それほどよい物件ではない。

二階建ての上物《うわもの》に半地下室の付いた、こぢんまりとした店舗兼倉庫兼住居。

一国一城の主と言えば聞こえはいいが、これで支払いを終えるまでは大博打《おおばくち》は打てなくなった。

これまでの人生で一番大きな買い物だ。

運河に近いから湿気もあるし、理想的な店とは言い難い。

だからこそ、今のマルコでも背伸びすれば手の届く価格で売りに出ていたのだということは分かっている。

売主はバッケスホーフ商会に連なる小商会の主で、在所は帝都だ。

縁遠くなった古都の塩漬け物件は早々に処分して、生きた現金に替えたかったのだろう。

その気持ちはマルコにもよく分かる。

鳴り物入りでビッセリンク商会が古都へやっては来たものの、それほど目立った動きは今のところ見られない。

市参事会といくつかの商会やギルドが人手を集めて運河の浚渫《しゅんせつ》をしているが、果してそれが何の役に立つのか。古都の事情通にも首を傾げている人間は多いようだ。

陽は西へ傾き、家路を急ぐ人々が路地を行き交いはじめる。

だが、マルコは古都に賭けた。

今回購入した物件も、自分の本拠地とするというよりは、将来の転売用にしたいという目論見《もくろみ》がある。値上がりしてくれなければ少々厳しいことになるが、それも運だ。運命を恨んでいるようでは、商売人などできはしない。

金を払った以上は、稼がねばならぬ。

とはいえ、腹が減っては戦《いくさ》はできない。さて何を食べようかと頭を巡らしたところで、例の店を思い出した。

そうだ、ノブだ。

こういう日には、あの店で一杯ひっかけるのがいいに違いない。

〈馬丁宿〉通りへ入り、見慣れた道を歩いていると、顔見知りに出くわした。

イグナーツと、カミル。

兄弟だったか義兄弟だったかは忘れたが、とにかく仲のいい二人組だ。

古都に古くからあるアイゼンシュミット商会という老舗《しにせ》で最近売り出し中の若手で、穀物《こくもつ》の扱いではマルコも何度かお世話になったことがある。

「や、お二人さん。今日は飲みにでも来たのかい？」

気さくに声を掛けてみると、イグナーツとカミルの方でもマルコのことに気が付いた。

「ああ、マルコさん。奇遇ですね」

如才《じょさい》なく挨拶を返してきたのは、兄だったか義兄だったかのイグナーツの方だ。

聞いてみれば冬にヨルステン麦の買い付けに行く作戦会議という名目で夜な夜な飲み歩いているのだという。

北への買い付けなら遍歴商人としての経験から相談に乗れることもあるだろうと、マルコも一杯ご相伴《しょうばん》することになった。

「で、店はもう決めているのかい？」

「ええ、それはもう。でも、マルコさんの行きたい店があるなら、そこでもいいですよ」

イグナーツにそう言われて我を通しては先輩として恰好が悪い。

居酒屋ノブはまた明日ということにして、今日は二人の顔を立てることにした。

それじゃあ、アイゼンシュミット商会の誇る若き俊英二人の目利きを信じてついていきましょうかねと冗談めかすと、イグナーツとカミルは揃って照れた表情を浮かべる。

三人連れ立ってぶらぶら歩いていると、通りの見知った一角の辺りでイグナーツとカミルが足を止めた。

「あれ？」

マルコが驚いたのは、そこが居酒屋ノブの目の前だったからだ。

「二人の目当ての店っていうのは？」

「ひょっとしてマルコさんもご存知でしたか？」

ご存知も何も、今日行こうとしていたのがこの店だよ、というと、イグナーツとカミルはまたも揃って照れ笑いを浮かべる。

自分たちの目利きが間違っていなかった、ということがよほど嬉しかったらしい。

さて入ろうか、というところでマルコは妙な張り紙に気が付いた。

「なんだこりゃ」

なになにと三人で張り紙の文字を読む。

「えー、本日は休業いたします。せっかくお越しのお客様にはご迷惑をおかけして申し訳ございません。またのご来店を心よりお待ちしております……」

なんということだ。

今日はもう、ノブで一杯ひっかけるという気分になっていたというのに。

イグナーツとカミルは、と見てみると、二人も言葉にし難いほどの落ち込みようだ。

特にカミルの方は、このまま地面の底へ沈み込んでしまうのではないかというほどに落ち込んでいる。

諦めて帰るか、それとも別の店を探すか。いずれにしても早めに決断した方がいいだろうと思ったところで、マルコはふと気が付いた。

店の中に、誰かいる。

ひょっとすると休業ではなく、貸し切り営業なのだろうか。

引き留めるイグナーツとカミルの二人を押し切るように、音を立てずに硝子の引き戸を少しだけそうっと開ける。

そこで、マルコは仄暗い喜びに彩られた、秘密の儀式を目撃してしまった。

◆

「タイショー、いいんですか、そんなに……」

震える声でエーファが尋ねる。エーファの言葉を敢えて無視するように、信之はさらにもう一匙、禁断の美味を追加する。

いくらだ。母なる海のもたらした赤い宝石。

丼の上には既に、白米が見えないほどのいくらが盛り付けられている。

削ぎ切りにした鮭の切り身を合わせた、海鮮親子丼。鮭といくら、二つの赤が、丼の上で美しく互いを引き立て合う姿は、まさに珠玉《しゅぎょく》の逸品と言うに相応しい。

いくらは昨日の晩ほぐして醤油に漬け込んでおいたトラウトサーモンの筋子《すじこ》。前々から市場に頼んでおいたものが、ようやく手に入った。

「エーファちゃん、ああなった大将は、もう止まらないのよ……」

以前のことを知っているしのぶが、諦めたように呟く。

やけ食い。

そう、普段は少々のストレスなど気にも留めない信之が、どうしようもない壁に直面した時に犯す、ちょっとした悪徳。

メニューはその時々によって異なる。

イチボのステーキを腹が破れそうになるまで食べたこともあるし、蒸し器いっぱいに茶碗蒸しを並べて、一人で全部食べたこともあった。

回らない寿司を食べに行った時は財布の中身が足りず、塔原《とうはら》に電話して迎えに来てもらったことさえある。

がむしゃらに食べ、翌日には決して引きずらない。自分なりの、精神衛生管理法だ。

自暴自棄《じぼうじき》にならないための、最後の切り札。

それが信之の場合、このやけ食いということになる。

もっとましな方法はないかと色々試したことはあるのだが、信之にはこれが一番合っていたということらしい。

居酒屋のぶの暖簾を掲げてからこそこの悪癖《あくへき》は暫く鳴りを潜《ひそ》めていたのだが、一昨日のひとことは、堪えた。

「古都らしい料理ではない」

信之には、刺さる言葉だ。

料理はその土地に根付き、花開く。高校卒業からずっと料亭〈ゆきつな〉の板場に職を奉じていた信之には、骨の髄《ずい》まで染みついた考え方だ。

食材、調理法、気候や自然によって、似たような料理でも、その出来栄えは千差万別となる。

たとえば、水。

東京へ店を出した京都の料亭が、水の味が違うと料理の全てが駄目になると、使う水の全てを京都から運ばせたことがある。

軟水の方が引きやすい出汁もあるし、硬水の土地では肉の灰汁《あく》は簡単に取れる。

居酒屋のぶは水も電気もガスも日本から引いているが、客の舌は古都の味、古都の自然に慣れ親しんでいるのだから、そこには見えない壁があってしかるべきなのだ。

土地に合った料理は、料理人の流した汗と涙の積み重ねによってのみ成立することは、外《ほか》ならぬ信之が一番知っている。

だが、信之という料理人は、どこまでいっても信之という料理人だ。

共稼ぎの母に代わって家の台所に立って弟と妹の食事と弁当を作り、料亭〈ゆきつな〉で塔原から料理のいろはを学んだ、矢澤《やざわ》信之だ。

どこまで古都アイテーリアの味に寄せようと腐心しても、それは古都京都の味をアイテーリア風にアレンジしているに過ぎないことは、身に染みている。

それでいい、というのが信之の結論だ。

信之は信之であって、信之でしかない。

自分が美味いと思えるものを、お客さんに食べてもらう。

それだけが唯一無二の山頂であって、そこへ至る山道は、信之が自ら切り開いてきたものだ。

だが、だからこそ、あの一言が堪えたのだろう。

自分がどうしようもないと諦め、切り捨てた道。

古都の料理を、古都の料理人として作るという道を何故行かないのかと、あの老人は問いかけてきたのだ。

おろしたばかりの山葵《わさび》を小皿の醤油に溶き、丼の上に掛けまわす。

箸で豪快に抉《えぐ》り込み、一口。

美味い。

トラウトサーモンのいくらが口の中でぷちぷちとはじけ、濃厚でコクのある味わいが広がる。

鮭の切り身も、脂が乗って蕩ろけるようだ。

ぷちぷち、とろとろ。
ぷちぷち、とろとろ。
口の中が、幸せに包まれていくのが、分かる。
そうだ。いいじゃないか。
こんなに美味しいものが食べられる人生に、何の悔いがあるだろう。
自分の信じた道を、往く。それでいいじゃないか。
潰れたいくらと醤油の沁みた白ご飯を、一気に掻き込む。
「ふぅ……」
食べ終えて、口を突いて出るのは至福の溜め息だけだ。
食べるべき時に食べるべき美味いものを食べると、人は言葉を失うものなのだろう。

　腹を撫でさすっていると、しのぶが両肩に手を置いてきた。

「さ、ご満足いただいたところで、私たちの分も用意して頂けますかね？」

　口調は丁寧だが、目は少しも笑っていない。

　後ろで見ているエーファも、ハンスも、リオンティーヌも同じ表情だ。

　あれだけ美味そうに食べて見せれば、こうもなるだろう。

　分かりましたと応じて、いくらの残りを思い出す。

　大丈夫、みんなに海鮮親子丼を用意しても、あと三人前は残るはずだ。

「わ、私たちの分も！」

　その時、引き戸を開いて飛び込んでくる影が、三つあった。

「あ、マルコさんにイグナーツさんにカミルさんじゃないですか」

すかさず名前を挙げて見せるしのぶは、さすがだ。

しかし、表には「本日休業」の貼り紙をしていたはずではなかったか。

「あんなに美味そうな食べっぷりを見せられて、さぁ帰れというのはあまりにひどいですよ」とマルコが抗議すると、そうだそうだとイグナーツとカミルも同調する。

どうする、と視線で問い掛けてくるしのぶに、信之は小さく肩を竦めた。

見られてしまったものは仕方がない。

ここで追い返すほどの鬼畜になれない自分のことが、信之は嫌いではなかった。

「分かりました。さ、座って座って。すぐに支度しますから」

いくらを盛り付け、鮭を載せる。

漬け込んだいくらはこれで綺麗に完売。

こっそりと一人でもう一度楽しもうという野望は、脆《もろ》くも崩れ去った。やはり、悪いことは考えるものではない。

彩りに刻んだ大葉を載せ、みんなに供する。

「さ、できましたよ」

おおっ、ともわぁっ、ともつかない歓声が、全員の口から漏れた。

瞬《またた》く間に箸と木匙がそれぞれの口へ運ばれていく。

しのぶは「んんー」と目を閉じて行儀悪く足をばたばたしている。この姿を実家のご両親が見たら卒倒してしまうのではなかろうか。

エーファは何も言わず、はぐはぐと木匙を懸命に動かしている。

対してハンスはゆっくりと分析するように味わっているようだ。新しい料理のヒントが何か掴めるといいのだが。

リオンティーヌの方はと見てみると、既に丼の中身は空になっていた。さすが元傭兵。早寝と早飯は芸のうちということだろう。

幸運にも海鮮親子丼にありつけたマルコとイグナーツ、カミルの三人組は、幸せそうに丼の中身を頬張っている。

そういえばイグナーツとカミルがはじめて居酒屋のぶを訪れた時にも、海鮮丼を出したような気がする。

朧《おぼろ》げな記憶の中の二人の笑顔が、今の二人と重なった。

あの頃はまだ、生魚を食べるといえば古都では奇人か命知らずだけだったのだ。二人もおっかなびっくり魚をつまんでいたような記憶がある。

それが今や、海鮮丼を食べたいと閉店している店に転がり込んでくるようになったのだ。

古都の人々の味わった、舌の記憶の年輪。

居酒屋のぶも、末席に連なることができたのかもしれない。

そう考えてみると、なんだかさっきまでの悩みがばかばかしく思えてきた。

全員分の茶を淹《い》れていると、マルコとカミルの会話が耳に入る。

「そういえばマルコさんは晩餐会には参加するんですか？」

「例の、商人を招いてやるって奴か。あれは古都の外の商人を呼ぶ奴だから、こっちには関係ないかな」

「あ、そうなんですか。店を構えるって聞いたので、てっきり」

今日物件を抑えてきたよ、と苦笑いをするマルコに、何かお祝いをしないとなと信之が考えていると、思わぬ言葉が耳に飛び込んできた。

「なんでも会場は〈四翼の獅子〉亭で、古都らしい料理で歓待するそうですよ」

思わず湯飲みを取り落としそうになり、既《すんで》のところで受け止める。

〈四翼の獅子〉亭と、古都らしい味。

何か因縁めいたものを感じながらも、自分には関係のないことだと信之はみんなに茶を淹れるのであった。

信じるべきもの

異世界居酒屋

今から、百年以上昔のお話。

東王国《オイリア》の〈狡知《こうち》王《おう》〉ルイ七世と帝国のアイヒェンブルク公爵〈陰険公《いんけんこう》〉ルドルフは、政略結婚による小さな領土のやりとりに端《たん》を発《はっ》する小競り合いから、ついに対決を避けられなくなった。

知勇兼備の両雄は一歩も譲らず、戦いは三年と半分の長きに及んだ。

凄惨《せいさん》な内容の手紙と聞くに堪《た》えない罵声《ばせい》を携《たずさ》えた密使が両国の間を行き来し、近隣《きんりん》諸邦《しょほう》は二つの脳髄から生み出される類稀《たぐいまれ》なる罵詈《ばり》雑言《ぞうごん》の豊富さと、身の毛もよだつ語《ご》彙《い》に恐れを抱きつつ、趨勢《すうせい》を見守ることしかできなかったという。

両者はついに和睦《わぼく》を結ぶこととなった。

〈狡知王〉は羽ペンの持ち過ぎで腱鞘炎《けんしょうえん》となり、〈陰険公〉は三人目の孫娘を可愛がるという崇高《すうこう》な使命の前に、愚かな戦いを継続することが困難になったからだと言われる。

収拾のための会談で会場として選ばれたのは、アイテーリア一番の宿〈四翼の獅子〉亭。

はじめから予期されたように議論は紛糾し、舌戦《ぜっせん》は四十と七日も続いた。

会議は踊るが、三歩進んで二歩下がる。

後の夜に〝罵詈雑言の創世記〟、〝地獄の悪魔も講義として拝聴した〟と伝え語られることとなったこの会談の陰の功労者を一人挙げるなら、それはルイ七世の宰相《さいしょう》ド・ルモンでも〈陰険公〉の懐刀である祐筆《ゆうひつ》の〈隻眼《せきがん》〉のギィでもなく、単なる料理人ということになるだろう。

彼の名は、リュービク。〈四翼の獅子〉亭の初代総料理長にして、古都の誇る〈獅子の四十七皿〉の考案者である。

まだ年若かった初代リュービクは〈狡知王〉と〈陰険公〉の無理難題を全て躱《かわ》し、巧みな料理と素晴らしい応対で場を和ませ、困難な会談を円滑《えんかつ》に進めさしめたとして史書にその名を刻むこととなった。

「会談を無事に終えることのできた〈狡知王〉は、四十七日もの間、違う美味酒肴《しゅこう》で宴を支え続けたリュービクにシェフの称号を与えたという。シェフというのは元はといえば軍の隊長とか指揮官とかそういう意味だったのが、この時から帝国でも東王国でも、優れた料理長に授けられる称号にもなったんだ」

シモンの解説に、パトリツィアは凄いんですねぇと慨嘆《がいたん》する。

王だの公爵だの言われてもピンとこないが、偉い人と偉い人が喧嘩して、美味しいご飯を食べて仲直りをさせたのだろうということは何となく把握できた。

二人の間を料理で取り持ったのが、小リューピクのご先祖様である、初代リューピクということになる。

どうして偉大なる初代リューピクの話題になったかと言えば、〈晩餐会〉が迫っているからだ。

古都周辺だけではなく、帝国全土、更には東王国、聖王国《ルプシア》、連合王国《ケルティア》や大公国《ルーシア》からも商人を招くという〈晩餐会〉は大市の少し前に開催されるらしい。

奇妙なことは、誰が旗振り役かさっぱり分からないことだった。

古都の市参事会は突然のことに狼狽《ろうばい》し、古くから古都にある商会は外部の商会による侵掠《しんりゃく》ではないのかと警戒感を隠そうともしない。

調停を頼まれたサクヌッセンブルク侯爵家も事態が呑み込めずに右往左往としている始末だ。

疑いの目を向けられたのはビッセリンク商会だが、あろうことか古都支社の代表であるロンバウトが眼鏡を売るために近隣を行脚《あんぎゃ》している最中だとかで、関係者は阿鼻《あび》叫喚《きょうかん》の騒ぎになっていた。

どうしてこんなことをパトリツィアが知っているかといえば、揃いも揃ってみんなが〈四翼の獅子〉亭で相談事を開陳《かいちん》するからだ。ここにいさえすれば今回の件の大まかな流れは分かってしまうという寸法だった。

「古都の味、と言えば〈獅子の四十七皿〉だ。大リュービク様はもう一線を退《しりぞ》いておられるから、この〈晩餐会〉の仕切りは必然的に小リュービク様が担当することになるんだが……」

シモンの言葉が、しりすぼみになる。

原因は、目の前で酔っ払っている料理人だ。

「小リュービク様、大丈夫なんですかね」

「大丈夫だと信じないと……」

深夜の〈四翼の獅子〉亭。その厨房で、パトリツィアとシモンは、酔って眠りこけるなぜか満足げな小リュービクの姿を見て、小さく肩を落とした。

◆

居酒屋ノヴへ通いはじめて、しばらく経った。〝リューさん〟という偽名まで使ったが、小リュービクの正体が露見することはなかったようだ。

この店には、何かがある。

パトリツィアにここを紹介された日から、小リュービクの心はノヴの料理に奪われていた。

ノヴの料理は、古都らしくない。

古都らしくない、という言い方をするとゲテモノを想像してしまうが、ノヴの料理にはそういった大味さはない。

味に好き好きはあるだろうが、古都の人間が食べても満足のいくものを提供している。

素直に美味い、と言い切れないのは、小リュービクが未だに自分の舌に自信を持てないからだ。

〈神の舌〉と崇《あが》められる父に、否定された。

あの日のことは今も、小リュービクの心に寒々とした大穴を抉《えぐ》ったままだ。

何としても、この穴を埋めねばならない。

手掛かりがこの店にあるような気がして、小リュービクは足繁《あししげ》くここへ通っているのだ。

ノヴ・タイショーやシノブがどこの出身なのかは杳《よう》として知れないが、きっとどこかの街の名のある店で修業したに違いなかった。

食材や調味料、調理方法にも謎があるが、そんなことは些細な問題に過ぎない。〈四翼の獅子〉亭にも門外不出の材料調達法や調理法があるのだから、他の店にそれがあることを責めるのは愚か者のすることだ。

自分で言うのも烏滸《おこ》がましいことだが、小リューービクは料理の神に愛されている。食材と調味料、それに調理器具さえ用意してもらえば、どんな料理だって作ってみせるという自負があった。

そんな小リューービクにとっての一番の関心事は、居酒屋ノヴの料理がいったい何を目指しているのか、ということだ。

料理人の魂、と言ってもいいだろう。

オトーシとして出された小鉢にハシを伸ばす。

今日は柔らかく炊いたダイコンと、鶏肉だ。

鶏肉の方が主役だと思って口に運び、小リューービクは小さく眉を動かした。

違う。この小鉢の主役は、ダイコンだ。鶏の旨みをしっかりと吸ったダイコンは、驚くほどに深みのある味わいを舌の上に残して、蕩ける。

そうかと言って、鶏肉が味を失ったただのガラになっているというわけではない。

ひと手間かけて、十分に料理の脇を務められる味に仕上がっているのだ。

前菜《アミューズグール》で、これだ。

味の構築にかけて小リュービクはノヴ・タイショーに引けを取るつもりは、微塵《みじん》もない。

ダイコンと鶏肉、それに出汁《フォン》さえ同じ条件なら、これに匹敵する評価を受ける料理をすぐに作ってみせるという確固たる自信がある。

味を重ねる古都の料理と、素材の味を活かすノヴの料理。

この違いは大きいが、参考になる部分はある。あとは、ノヴの魂さえ垣間《かいま》見ることできれば小リュービクは再び胸を張って厨房に立つことができるはずだ。

注文した秋茄子《あきなす》のアゲビタシを口に運びながら、小リュービクは焦りに駆られていた。

〈晩餐会〉。

いつの間にか流布《るふ》していた食事会の話は、どうやら事実らしい。

食事一切を取り仕切るのが、小リュービク自身だということも、ほぼ間違いのないことだ。

父の差し金だろうか。

いや、それはないだろう。

〈神の舌〉に適わない不肖の息子が〈四翼の獅子〉亭の評判を落とすことを望むほどに薄情な父親ではない。そのはずだ。

いずれにしても、小リュービクは〈晩餐会〉の料理長として臨む覚悟を決めていた。

問題は、それまでに立ち直ることだ。

ノヴの指示で、ハンスがてきぱきと調理補助を務める。

「ああ、違う違う。ハンス、卵を溶く時は、もっと手首を使うんだ」

いちいち指摘することでもないと思いながら、小リュービクはハンスに昔の自分の姿を重ねてしまう。

父である大リュービクによる指導は厳しく、手首の角度や、視線の置き方にまで及んだ。

小リュービクが天才であるということが分かってからは過酷な指導こそ鳴りを潜めたが、それでも細かなところにまで気を配る父の指導法が誤りだと思ったことは一度もない。

しかし、ノヴ・タイショーは指導方法について違った考え方を持っているようだ。

概《おおむ》ねのやり方さえ合っていれば、ハンスに口やかましく指摘することはない。

大体合っていれば、最後に味を見て、「これでいい」とか「もう一度。今度は少し速めに手を動かして」と簡単な指導をするに留める。

それはそれで一つのやり方なのだろう。

ノヴ自身も、そのように教育されたのかもしれない。

だが、どうしてそこまで自信をもってハンスに「よい」「よくない」と指導できるのか、リュービクには理解ができなかった。

白身魚をカラリと揚げたところに、野菜入りの餡《あん》をとろりと掛けてある。

揚げ物だけでもしっかりと美味いものをこういう風に手を尽くしてくるところが、居酒屋ノヴのいいところだ。

サクリとした魚を味わいながら、小リュービクは気が付いた。

以前より、鋭敏に味を感じるようになっている。

薄味に、小リュービクが慣れてきたのだろうか。

そうして漸《よう》く分かったが、この店の料理は、古都の濃厚な味付けに慣れた舌では感じ取れない、微細な味わいに舌鼓を打つ料理なのだ。

どちらが優れている、ということではない。

そういう料理なのだ、としか言えない違いが、ここにはある。

小リューピクは、小さく唸《うな》った。

一瞬にして、理解したのだ。

舌だ。

ノヴがハンスの指導を細かくしなくていいのも、繊細な料理を次々と出してくる理由も、全ては料理人が自分の舌に絶対の自信を持っているからに違いない。

自分の舌。

そういえば、小リュービク自身が、自分の舌を信じて料理したことなどあっただろうか。

いつも小リュービクの前には〈神の舌〉である父の背中があり、国内外からの賓客の姿があり、今は亡き母の姿があった。

舌。そう、舌だ。

追加注文したラガーで舌の味を洗い流し、アオネギとカイバシラのスミソアエを頼む。

繊細な味わい。そして、色々な歯触り。

食材全ての、食感と味覚の複合した、美味さ。

父ならどう評するか、と考える前に、「美味い」という言葉が自然と口を突いて出た。

その言葉に驚いたような表情を一瞬だけ浮かべたノヴ・タイショーが目元と口元だけを微かに動かして微笑み、「ありがとうございます」と応じる。

ああ、悔しい。

そうだ、美味いものを作った時、美味いと言われれば、嬉しいのだ。

失敗しなかったという安堵の笑み。

天才という名に泥を付けなかったという安心の笑み。

父に見捨てられなかったという胸を撫でおろす笑み。

そのいずれでもない、客が喜んでくれたという、笑み。

トリアエズナマのジョッキで喉を潤しながら、小リュービクは自分が笑っていることに気が付いた。なんだ、こんなに簡単なことだったんじゃないか。

自分が何もかもを失うかもしれないという恐れではなく、目の前にいるお客を喜ばせたいという純粋な想い。自分に欠けているのは、それだったのだ。

舌に自信が持てないなどというのは、副次的な話でしかない。

目の前の人間を喜ばせようと思えば、自分の舌しか信じるべきものはないのだ。

手を挙げ、リオンティーヌを呼ぶ。

「すまない、注文だ。ワカドリノカラアゲ、ソースヤキソバ、サバノヘシコ、ニクジャガ、フロフキダイコン、サシミの五種盛りと、真っ赤なソーセージ、ブタニクノテンプラにハンスのアレ、それから……」

矢継ぎ早に注文すると指折り諳《そら》んじていたリオンティーヌが慌てだす。

「ちょっとちょっとお客さん、そんなに注文して大丈夫かい？　結構な量だよ？」

「構いやしないよ。支払いなら心配しなくていい。店のみんなで食べるんだ」

思わぬ申し出に店の客たちがおぉっと歓声を上げる。

美味い料理で、舌を喜ばせよう。

客としてとびきり笑顔になって、自分の舌を喜ばせれば、きっと自分もそんな料理を作れるようになるに違いない。

「今夜はオレの奢《おご》りだ！　みんな、飲むぞ！」

周囲のどよめきは、一瞬で更なる歓声に変わる。

「乾杯！」

どこかの席で誰かと誰かが乾杯と声を上げると、歓呼の声は波のように店内に広がった。

「乾杯！」

「なんだかよく分からんが、めでたい！」

飲み交わし、酒肴を楽しむ。

突然の注文に慌しく動くノヴ・タイショーとハンスを見ながら、小リュービクの頭の中では〈晩餐会〉当日の献立《こんだて》の組み立てがはじまっていた。

新人衛兵とまかないチャーハン

「自分は、違うと思います」

新入りの衛兵の思わぬ反論に、ベルトホルトは腕を組み直した。

昼下がりの練兵場には、ベルトホルトとイーゴンという名の衛兵がいるだけだ。

秋空の下での訓練についつい熱が入り過ぎ、他の衛兵たちは昼食がてらの休憩を満喫している。

イーゴンだけがここにいるのは、とにかく飯を食うのが早いからだ。

猟師の息子だというイーゴンは体格にも恵まれ、目端《めはし》も利く。ハンスとニコラウスたちの抜けた後を埋めるために雇った衛兵の中では、頭一つ抜けていると言っていいだろう。

鋭い眼差しに、隆々とした体躯《たいく》。

走らせても弓を射させても新人の中には並ぶ者がなく、剣を構えて対峙《たいじ》すると神話から抜け出てきた英雄と錯覚しそうな威圧感がある。

だが、普段の勤務態度はまじめそのもので、力にものを言わせた粗暴な態度を取ることはまるでなく、反抗的な素振りも見せたことがない。

そのイーゴンに、ベルトホルトは思わぬことで反論されてしまった。

「でもな、イーゴン。早く食べるのは兵士にとって大事な資質だが、美味い飯をゆっくり味わって食べるのは人生の財産だと思うぞ」

「財産だと感じる人もいることは理解します。しかし、美味いものをじっくり味わわないのは人生の損失だというのは、少し言い過ぎではありませんか」

軽い冗談で口にした言葉に、まさかここまで激烈な返事が返って来るとは予想外だった。生真面目な奴だとは思っていたが、それにしても度が過ぎる。

ベルトホルトは天を仰《あお》いだ。

尾長鳶《おながとんび》の舞う秋空は、困惑する衛兵中隊長には何も答えてくれない。

「お言葉ですが、隊長。人生の財産は人によって異なると思います。私はこれまで食ったものでそれほど美味いと思ったものはありません。食わねば飢えるから、食う。何ならまったく味のしないものでも、それさえ食っておればいいというのであれば、そちらを選びます。さっさと食って、後の時間を有効に使う方がよいと思っております」

ベルトホルトの口から、うぅむと唸《うな》りに似た吐息が漏れる。

ここでお前は間違っていると頭ごなしに怒鳴りつけるほど、ベルトホルトは狭量《きょうりょう》ではない。

〈鬼〉などと恐れられてはいたが、元はと言えば傭兵隊を預かっていた身の上だ。部下の扱いを取り間違えた同業者が、戦場の霧に乗じて後ろから撃たれるという話は何度も耳にしている。

しかし、せっかく森から出てきたのだから、何か美味いものを食わせてやりたいというのもまた人情だ。

世の中には味の分からなくなる病気もあるというが、イーゴンの場合はそうではないようだ。

さて、どうしたものか。

押し付けは嫌いだ。

とはいえ、衛兵同士の話なんて飯と酒と女の話が大半を占めるのだから、こうも木で鼻をくくったような態度だと、今後の人間関係にも関わるかもしれない。

「そういえばイーゴン、お前普段は何を食ってるんだ？」

ふと気になって尋ねてみると、イーゴンは何故か自信たっぷりに「芋です《カルトッフェル》」とだけ答えた。

夜の帳《とばり》もまだ降り切らない〈馬丁宿〉通りを、衛兵二人が連れ立って歩いている。

言わずと知れた、ベルトホルトとイーゴンだ。

二人が軍装を解いていないのは、未だに勤務中だからということになっている。

もちろん、建前だ。どうしても居酒屋ノブの食事を食べさせようと心に決めたベルトホルトは、抵抗するイーゴンを無理やり店へ連行するために、職権を濫用《らんよう》している。

無論のこと、心が痛まないわけではない。

戦場でこそ上官の命令は絶対厳守だ。独自の判断は仲間全体を危機に陥《おとしい》れる。

だが、今は平時だ。

双子も生まれて丸くなったと評判のベルトホルトとしては、上官の権威を笠《かさ》に着て部下を居酒屋へ連れて行くなどあってはならないことだと今では十分に理解している。

ベルトホルトは、心を鬼にした。

衛兵の仕事は古都の治安維持だ。その中には当然、住民との円滑な交流も含まれる。

馴れ合いは好ましくないが、委縮されても治安は守れない。

適度な距離感を維持しつつも信頼を勝ち取ることが必要になる。

イーゴンがただの一衛兵として職務に邁進《まいしん》するだけなら必要のないことかもしれないが、彼には次代の衛兵隊を担《にな》ってもらいたいという思いもあった。

であれば、食事は大切だ。

夕食を酒場で摂《と》る。たったそれだけのことで、多くの情報を得ることができるし、住民の顔と名前も自然と頭に入ってくるものだ。

何より、家で芋を蒸《ふ》かして食べているだけの生活など、あまりに虚《むな》しいではないか。

「隊長、ベルトホルト隊長、自分は……」

「分かっている。皆まで言うな。お前の言い分は理に適《かな》っている。色々な生き方があることも、認めよう。しかし、だ。二つの弓があったとして、一方しか射ずに両者の甲乙を付けることはできないだろう？」

ううむ、とイーゴンが口を押し黙る。

相変わらず気の進まなさそうな歩みだが、ベルトホルトの三歩後ろを歩いていたのが、一歩後ろくらいには近付いてくれた。

「さ、ここがその店だ」

「はぁ……ここ、ですか」

二人の見上げる看板には、異国の文字で「居酒屋ノブ」と記されている。

「いらっしゃいませ！」

硝子の引き戸を開けながら、ベルトホルトはおや、と思った。

普段であれば揃って聞こえてくる挨拶が、一方しか聞こえない。

「シノブちゃん、タイショーは留守かい？」

尋ねると、シノブは少し困ったような表情で、

「そうなんですよ。大将とハンスはちょっと用事で出掛けちゃって」と答える。

言われてみれば、まだノレンが出ていなかった。

そいつは珍しいな、と声を掛けながら、カウンターに腰掛ける。すぐ戻るのかと思えば、いつ帰って来るのか分からないということだった。

さて、どうしたものか。

一刻も早くという焦りから、早く着き過ぎたのが裏目に出た恰好だ。

イーゴンからの刺すような視線には気付かない振りをしながら、頭の後ろで手を組む。

椅子に背を預けて天井を見上げてみるが、木材の染みは何も答えてくれない。

悩みはすれど、さりとてよき智慧《ちえ》が浮かぶわけでもなかった。

タイショーが戻るのを待つというのも一つの手だ。けれども、あまりイーゴンを焦らせるのも得策ではない。

ぼんやりと天井を眺め続けていると、シノブが厨房の中で何やら忙《せわ》しなく動きはじめた。

「シノブちゃん、それは?」

「あ、これは私とエーファちゃんとリオンティーヌさんの賄いです」

賄い、か。

確かに店内には他に客もいない。

賄い、賄いか、と口中で二度呟く。

「シノブちゃん、それって二人前追加できるか？」

「え、でもこれ、私たちの賄いですよ」

「ちょっと腹が減っていてな。何か詰め込みたいんだ」

そういうことなら、とシノブは材料を奥へ取りに行った。

イーゴンはと言えば、物珍しいのか、注意深く店内を見回していた。

思い返してみれば、はじめてここでワカドリノカラアゲを食べた時は自分もこんな風にきょろきょろしていたのだろう。

「……隊長」

「妙な店だろう？　だが、出す料理は逸品だ」

耳打ちしてくるイーゴンにベルトホルトは笑って答える。

しかし、鋭い目つきのイーゴンの反応はまたも予想外のものだった。

「隊長、本当にここはただの居酒屋なんですか？」

「どういうことだ？」

顎で静かにイーゴンが指し示す方には、リオンティーヌがいる。

今でこそ女給仕に収まっているが、かつてベルトホルトと戦場で剣を交えたこともある本物の傭兵だ。

そしてベルトホルトに傷を付けた数少ない敵手でもある。

「……ふむ、イーゴン、お前はあの女性をどう見る」

「身のこなしからして、かなりの手練《てだ》れかと」

イーゴンの観察眼は、さすがだ。

足運びや身のこなしから、弓を執《と》ればイーゴンに分があるが、剣では恐らく歯が立たないだろうという戦力分析を手短に申し述べる。

「慧眼《けいがん》だな。俺の読みでも、まぁそういうところだと思うよ」

以前ベルトホルトが剣の教師役として衛兵に指導してほしいとリオンティーヌに頼んだのは、まんざら冗談でもない。

込み合った居酒屋ノブの店内でも、踊るような足運びで巧みに料理を運び注文を取るリオンティーヌの動きは、戦場を生き延びた者だけが手に入れることのできる練度を感じさせる。

やはり、惜しい。

掃除をするリオンティーヌの一挙手一投足をイーゴンは見逃すまいと熱心に見つめている。

あまり露骨に見るのはどうかと思っていると、チャッチャッチャッと卵を掻き混ぜる音が厨房から聞こえてきた。

何を作ってくれるのかと見ていると、どこからともなく取り出したのは、厚切りのベーコンだ。

一目で上等の逸品だと分かる品を、豪快に切り分けていく。

熱したフライパンに油が引かれ、先ほど掻き混ぜた卵をさっと炒める。

卵を皿に除けると、次はベーコンだ。ネギとキャベツと一緒に炒めると、ベーコンの脂の美味そうな匂いが店内に漂ってくる。

そこに、大量のライス。

手際よく炒めるジャッジャッという音に思わずベルトホルトの喉が鳴った。

除けておいた卵を加えてさっと炒めると、皿に盛り付ける。

「お待ちどおさま、しのぶのまかないチャーハンです」

ライスを炒める料理は、ベルトホルトもはじめてだ。これはハシではなく、レンゲで食べるとよいとエーファが教えてくれる。

よく気の付くことだ。自分の娘も、こんな風に育ってくれるのだろうか。

「さ、イーゴンも。冷めないうちに食べよう」

まだリオンティーヌの方を気にしながら、イーゴンがレンゲを口元へ運ぶ。

一口、二口、三口。

反応を見るのを楽しみにしていたのだが、イーゴンは黙々とレンゲを動かすだけだ。

なんだ、つまらない。

普段芋ばかり食べているのなら、珍しい料理を食べた時くらいちょっとくらいは驚くなり何なりしてくれてもよさそうなものだ。

少し呆れながら、ベルトホルトもチャーハンを頬張る。

ぱらり、と口の中で、チャーハンが散らばった。

「ふんむ」

これは食べやすい。

居酒屋ノブで出てくるライスは他の料理と一緒に食べると美味いのだが、単体ではどうしても味気ない。だが、チャーハンというのはその欠点を補って有り余る、一つの料理だ。

ネギとキャベツのシャキシャキとした食感も面白いが、なんと言っても素晴らしいのは、厚切りベーコンの旨みだ。

ベーコンの薫香《くんこう》と塩味とが、チャーハンを一段上の料理へ格上げしているということが、舌で感じられる。

しかし、勿体ない。

こんなに美味いものを食っても反応なしということは、イーゴンは本当に料理には関心がないと見える。

そう思ってイーゴンの方を見遣ると、丁度チャーハンの最後の一口を食べ終えるところだった。

食べ終わっても、感想はないんだろうな。

せっかく作ってくれたシノブに悪いな、と思ったところで、イーゴンのレンゲがまた動いた。

「あ……」

虚しく宙を二度三度と掻き、漸くイーゴンは皿の方を見つめる。

まるで捨てられた犬のような悲しげな表情を一瞬浮かべ、照れ隠しのようにイーゴンは小さく咳払いをした。

「すみません、少し量が足りなかったようなので、もう一皿頂けますか」

珍しいこともあるものだ。食事の追加を要求するイーゴンなど、はじめて見る。

「ごめんなさい、今ので冷ご飯がなくなっちゃって」

間髪《かんはつ》を容れずに詫びるシノブの言葉に、イーゴンが小さく、え、と漏らすのをベルトホルトは聞き逃さなかった。

「本当にすみません……」

頭を下げるシノブにいやいやとイーゴンが恐縮する。

そのイーゴンの背中を、リオンティーヌがバンバンと掌で叩いた。

「うちの食事が気に入ったのなら、また来たらいいさ。衛兵とも縁のある居酒屋だからね。今度はタイショーの料理をたらふく食っておくれ」

「は、はい！」

まるで上官に対するような返事をするイーゴンの様子を訝《いぶか》しみながら、ベルトホルトは支払いのために財布を開くのだった。


翌日、修練が終わり、家路に就こうとするベルトホルトを呼び止める者がある。

イーゴンだ。

「ベルトホルト隊長、昨日はありがとうございました」

「いや、礼を言われるほどのことじゃない」

馴染みの居酒屋を紹介しただけで畏《かしこ》まった礼を言われると、なんだかこそばゆい。

「自分の如き若輩《じゃくはい》に、あのような秘密の場所を教えて下さるとは」

「……秘密の場所？」

何やら妙な勘違いをイーゴンはしているのではないか。少しばかり嫌な予感がしたものの、そんなことは噫《おくび》にも出さずにベルトホルトは言葉の続きを促す。

「美味な食事に、あれだけ手練れの護衛を給仕として忍ばせておく……不思議に思ったので、実は今日の昼休憩にもあの店を訪ねてみたのです」

イーゴンはそこで、あの居酒屋ノブの秘密を見た、と熱弁を振るった。

「水運ギルド最大手の〈水竜の鱗〉のゴドハルト氏、同じく水運ギルド〈金柳の小舟〉のラインホルト氏、教会のトマス司祭に、ヨハン＝グスタフ伯爵閣下、それと市参事会のゲーアノート氏まで、実に錚々《そうそう》たる人々があの店で昼食を摂っておられました」

言われた面子を思い浮かべ、ベルトホルトはいつもの常連じゃないか、と思ってしまう。

だが、言われてみれば古都の重鎮《じゅうちん》と呼ぶにふさわしい人々だ。

ひょっとすると、自分の感覚の方がおかしかったのだろうか。

たまたまだという気もするし、そうでないという気もする。首を捻って考えるが、どうにもよく分からない。

「自分もあの店に足を運び、衛兵として有事に備えます」

「うむ。しっかり励めよ」

思わず答えてしまってから、ベルトホルトは大いに後悔した。

イーゴンが目をきらきらと輝かせて、秘密の護衛作戦についての私案を語りはじめたからだ。

全てが誤解で、居酒屋ノブが単なる居酒屋だと説明して納得させるのに、ベルトホルトは更に十日間を費やすこととなる。

晩《ばん》餐《さん》会《かい》前夜

「いいんですか、本当に」

　深夜。

　夜《よ》啼《な》き鳥さえ寝静まるしじまの中、リュービクはハンスと共に厨房の前に立っていた。

〈四翼の獅子〉亭の深奥《しんおう》である厨房。

　本来自分のいるべき場所へ、リュービクは帰還しようとしている。

　懐かしいと感じている自分に、リュービクは驚いた。

　思えば随分と永い間、ここから離れていたという気がする。

　実際には毎夜のように入り込んでいたのだが、それはリュービクの名を継ぐ者としてではなく、一人の料理人としてでしかなかった。

　微かな膝の震えは、秋の夜の寒さからではない。

　戦いを前にした、騎士の震えのようなものだ。

「いいんですか、本当に」

厨房へ入る前にもう一度尋ねるハンスに、リュービクは背中越しに左手を振った。構わない、という合図だ。

気付かぬうちに、右の口角が微かに上がっている。

笑っているのだ。こんなに楽しい気持ちは、久しぶりだった。

他所《よそ》の店の料理人を聖域である自分の厨房へ招く。そのことの重大さを、この年若い見習い料理人が理解していることが、嬉しい。

子供の頃、秘密の隠れ家を作ったことがある。

もちろん、大人たちに内緒だ。

城壁の外へこっそりと忍び出し、農家の子供たちと一緒に拵《こしら》えた隠れ家。薪炭《しんたん》を置く小屋だったものを改造しただけの代物だったが、今にして思えばなかなかの出来だったという気がする。

秘密は厳重に守られており、信頼できる仲間だけが招待の栄に浴することができた。誰かをそこへ招く時、堪らないくらいにわくわくしたことを、リュービクは今でもしっかりと憶えている。

他の店の料理人を〈四翼の獅子〉亭の厨房へ招くのは、あの時に似た不思議な愉悦があった。

〈四翼の獅子〉亭の厨房は、言うまでもなく古都で最大の規模を誇る。帝国の皇帝と東王国《オイリア》の王とを同時に招待できるような店が、この古都で他にあろうはずもない。

大貴族の随員を含めて全ての宴客の腹をくちくさせてなお、ありあまる量の料理を作り出せるだけの圧倒的な調理能力を、この老舗の厨房は備えていた。

初代リュービクの頃よりも拡張され、より機能的になった厨房は、今や帝国屈指の規模を誇っているという自負がリュービクにはある。

貯蔵している食材や調味料の数も膨大だ。

一般的な古都の家屋の備えている地下室は一層であることがほとんどだが、〈四翼の獅子〉亭では地下に三層の地下室と更にもう半層の貯蔵庫を備えている。

塩漬け肉に燻製肉、チーズにバター、塩に砂糖。

買い集めたものだけでなく、自家製のものも多い。

ここが正に、古都の食の中心。

そして、偉大なる〈四翼の獅子〉は、リュービクという心臓を得てはじめて咆哮《ほうこう》し、大空へ羽ばたくことができるのだ。

ハンスの顔を見遣る。棚に整然と並べられた香辛料の瓶や醤《ひしお》の小壺を見上げる彼の顔は、紛れもなく料理人のそれだ。

満足げに頷き、リュービクは厨房の部下の料理人たちに指示を出す。

部下たちの士気は、高い。

ハンスという他所の店の料理人を伴って来たことへの反感があるかと思ったが、それよりもリュービクが厨房へ立つということの喜びの方が大きいようだ。

「〈晩餐会〉の仕切りは、お前がやりなさい」

父から重大な仕事を言い渡されるに当たり、リュービクはたった一つだけ、条件を付けた。

他の店から、助っ人を呼ぶ。

それは店の味を教えるに等しい。

絶対に反対されると覚悟していたのだが、父の反応は淡白だった。

好きにしなさい。お前がリュービクなのだから。

お気に入りの椅子に深く腰掛けたままの父の姿は、いつもより小さく、しかし安堵しているように見えた。

ノヴ・タイショーではなくハンスに大鴉《おおがらす》の羽根矢を立てたのは、彼の柔軟さにリュービクが惚れ込んだからだ。

元衛兵だったというハンスは、恐るべき速さで料理のコツを掴む才を持っている。

作業が丁寧で、言われたことに一つの誤りもないというのも、リュービクは気に入った。

同じ厨房で作業をするのなら、ハンスだ。

本当を言えばノヴ・タイショーと同じ厨房で技比べをしてみたいという欲求がまるでないと言えば、嘘になる。

だが今回の晩餐会は〈四翼の獅子〉亭の、そして古都の名誉のかかった一席だ。

競演よりも、協演を。

ハンスを選んだのは、間違いではなかったと信じている。

「まずは宴席全体の流れを教えて頂けますか」

ハンスの問いに、リュービクは手首で鼻をこすった。

これだ。ただ言われたことをするのではなく、はじめに全体像を把握しようとする。

父の下で一糸《いっし》乱れぬ厨房として整えられた〈四翼の獅子〉亭には、いなかった人材だ。

「今回の料理は〈獅子の四十七皿〉を出す」

四十七の料理名を、リュービクは澱《よど》みなく数え上げる。

古都らしい味、その極みがここにあった。

他の街から来た豪商や商会主たちを満足させるには、これしかない。

偉大なる初代リュービクは〈獅子の四十七皿〉を一夜一夜の主役として四十七晩の宴席を作り上げて見せた。

代々のリュービクはそれぞれの皿に改良を加え、四十七皿を一つの宴に出しても煩《うるさ》過ぎないように調整したのだ。

一族の誇り、と言ってもいい。特にリュービクの父の功績は大きく、彼によって全てのレシピは分かりやすい形で書物にまとめられた。

まさに〈神の舌〉の仕事だろう。

塩を入れるのはいつでどのくらいの量か。

鍋の火はどう見ればよいか。

豚肉のどの部位をどのように切って炒めればよいか。

これまでなら経験によって手に憶えさせていたものの全てを、父はほとんど病的と言ってもいい熱意で書物へ残すことに拘《こだわ》った。

レシピ帳を収めるために、専用の頑丈な箱まで設《しつら》えさせたほどだ。

あの一冊さえあれば、誰が作っても〈獅子の四十七皿〉は〈獅子の四十七皿〉になる。

「ボルガンガの旨肝煮、オックステールシチュー、プルトンのアイスヴァインは支度に時間がかかるから、これから先に取り掛かる」

号令一下、料理人たちは動きはじめた。

四十七皿もの料理を明日の晩餐会に提供するためには、適切な準備とその順番が鍵になる。

「さてハンス。これが〈四翼の獅子〉亭の秘密だ。じっくりご覧あれ」

長さの違う蝋燭《ろうそく》を幾本も立て、そこに火を灯す。

真夜中だというのに、厨房はまるで貴族の夜会のように煌びやかな光に包まれた。

獣脂ではなく閼伽蜂《あかばち》の水蜜蝋《すいみつろう》を使った、最高級の無臭の蝋燭。一本でも見習い徒弟《とてい》の一ヵ月分の稼ぎは軽く飛んでいく。

惜しげもなく火を灯すのは、特別な宴席の前だけ。

蝋燭に刻まれた目盛りを基に、各料理の調理の段階が分かるという寸法だ。

長年の指導により、料理人たちはこの蝋燭の燃え具合を見ながら、調理を手順通りに進めることができる。経験と勘を頼りに時間を計るだけでなく、蝋燭という手助けがあることで、料理の手順はより精確になるのだ。

統率法と準備の段取りこそ、初代リュービクが総料理長の称号を敵国の王から賜《たまわ》った真の理由だった。

「ハンスは、オレの手伝いを」

そう言うリュービクの前には、蝋燭がない。

父のレシピ帳にも、今から何をすべきかは記されていなかった。

「それでリューさん、じゃない、リュービクさん。俺たちは、何を？」

「作るんだよ、四十八皿目を」

◆

居酒屋ノブ以外の店で厨房に立つのは、ハンスにとってははじめての経験だ。

古都最高の料理を出すと豪語するだけあって、〈四翼の獅子〉亭の厨房は何もかもが完璧に整えられている。

数えるのも莫迦莫迦《ばかばか》しくなるほどの数がある炉《ろ》に、無数の鍋。

一糸乱れぬ動きで働く料理人たちは蝋燭の刻み目に従って、的確になすべきことをなしていく。

まるで、衛兵隊の練兵のようだ。

包丁を持つ腕の角度まで統一されているかのような動きは、見ているだけで勉強になる。

タイショーの指導とはまったく考え方の異なる教育方法がここにはあるのだということが、説明されなくてもハンスには理解できた。

使っている道具も、一流だ。

トントントンと包丁の音が小気味よく響く。これはホルガーの鍛冶屋《かじや》の仕事だろう。音だけでその鋭さ、使いやすさが伝わってくるのがよい道具だというのは、父の言葉だった。

「さて、どうしたものかな」

リューさんとして足繁くノブに通っていた常連客が、今ではリュービクとしてハンスの目の前に立っている。

リュービク、という名前は古都に暮らす者にとって、特別な意味を持つ名前だ。憧れと、懐かしさと、誇りと。

全てが渾然となった響きを、リュービクという名前から感じ取ることができる。

「リュービクさん、試してみたいものがあるんですが」

「ほう？」

背負って来たものを、ハンスは下ろした。

小ぶりな樽《たる》だ。

この晩に間に合ってよかった、と心の底から思う。

中に入っているのは、連合王国《ケルティア》のナ・ガルマンから届いたばかりの、ショーユだった。

「ショーユ、か」

とろりとした黒い液体を手塩皿に取り、小指の先に付けてリュービクが舐める。魚醤に似ているが、臭みはない。使える料理の幅は、もっと広いはずだ。

横に控えたパトリツィアという給仕も、同じく味を確かめている。

「面白いな」

口の中で空気を含ませて味わいながら、リュービクはしばし瞑目《めいもく》した。

新しい料理を組み立てているのだろう。

ハンスも同じことをするが、今回のリュービクのやろうとしていることは、もっと大きなことに違いない。

何せ、〈獅子の四十七皿〉にもう一皿を加えようというのだ。

玉葱《ツヴィーベル》の皮を剥き、刻み、たっぷりのバターで炒める。

タイショーに教えられた通り、飴色《あめいろ》になるまで。

甘い香りが漂う中、サワークリームを作りながらリュービクが昔語りをはじめた。

「オレの母親は、大公国《ルーシア》の出身でね」

大公国と言えば、北方三領邦よりさらに北東に位置する。

遍歴硝子職人として遥か東方へと旅をしたハンスの父ローレンツでさえ足を踏み入れたことのない、文明の果てのような土地だ。

聞くところによれば、随分と寒さの厳しいところだという。

昔々は古都との交易路があったというが、北方三領邦との関係がきな臭くなった頃からいつの間にか交流は途絶えがちになり、今では行き交う商人の姿もほとんどなかったはずだ。

衛兵として勤務している時に、何度か門で大公国出身の商人とやり取りをしたことがあるが、その数はひどく少なかったという記憶がある。

そういえば、とハンスは思い出した。

何度か常連に訂正されても、リュービクは居酒屋ノブをノヴと発音する。あれは確か大公国の訛《なま》りではなかったか。

「父は家で料理をすることはなかったから、自宅では専《もっぱ》ら母の手料理を食べていたんだ。人から習い覚えた古都の料理も多かったけど、今にして思えば大公国の料理も多かったんだなぁ」
・玉葱と牛肉を一緒に炒め、味を調える。
決め手となるのは、仔牛とディーグの骨から丹念にとった出汁《フォン》だ。

野菜や香草、香辛料を四十八種類煮込んで丁寧に灰汁《あく》を取り続けたこの出汁こそ、リュービクの言う四十八皿目なのだという。

どんな料理に使うかは、そのおまけでしかない。

いい味だ。

リュービクは手塩皿で味見をする時、必ずパトリツィアにも味を見てもらう。

まるで儀式のようだ。

料理と味の神々を祀《まつ》る神殿に仕える司祭が巫女《みこ》と執り行う大切な儀礼なのかもしれないと、ハンスは思った。

そう考えて視線を向けると、ただの味見さえも荘厳に見えてくる。

かつてはこの位置に父である大リュービクがいたのだろう。

リュービクはハンスにだけでなく、厨房全体に指示を飛ばす。

今晩の下拵《したごしら》えが明日の晩餐会の成否を分けるのだから、その指示は懇切《こんせつ》丁寧で、全てにおいて無駄がない。

居酒屋ノブとは違った意味で、緊張感のある厨房だ。

「どうだ、ハンス。〈四翼の獅子〉亭の厨房もいいだろう」

「はい、勉強させてもらっています」

一晩で百日分ほども学ばしてもらっているとハンスは感じている。

世辞ではなく、ここは古都の味覚の中心なのだ。

「ハンス、お前さんが新しい店を構えたいというなら、〈四翼の獅子〉亭は全力で応援するぞ」

仕上げに使う胡桃《くるみ》の殻を割ろうとしながら、リュービクが笑う。

「ありがとうございます。でもまだ、勉強中の身なので」

即答してから、ハンスは自分でも驚いた。

独立するということは常に考えていたはずだが、ここまであっさりとその機会を不意にした自分の返答に、だ。

今晩、多くのことを学んでいる。

学んでいるからこそ、自分はまだまだ未熟なのだと痛感してもいた。

もっと学びたい。

もっともっと学ぶことがある。

学んだことを試して、自分のものにしたい。

〈四翼の獅子〉亭の厨房で盗んだ技術を、一刻も早く居酒屋ノブで試してみたい。その気持ちを抑えるのにハンスは一所懸命だった。

少しずつ味付けを変え、同じ料理を何度も作る。

加えるショーユの量も、少しずつ変えていた。

「ん……？」

手塩皿で味を見るリュービクと、パトリツィアの意見が割れる。

「私はこちらの方が、深みのある味だと思います」

相手がリュービクでも、パトリツィアは物怖《ものお》じせずにはっきりと感想を述べた。そこを買われてリュービクの隣にいるのだろう。

「いや、オレはこっちの方が、古都の味だと思う」

はじめて、リュービクが自分の意見を押し通した。

パトリツィアと、その手伝いをしているシモンという宿の従業員が、驚いたように目を瞠る。

料理人が自分の舌で自分の料理の味付けを決めることに、何を驚くことがあるのだろうか。

リュービクが力を掛けていた胡桃の殻が、割れた。

もう一度、リュービクが味を確かめ、小さく頷く。

手塩皿が回され、ハンスも、パトリツィアも、シモンも味を見た。

リュービクが静かに宣言する。

「四十八皿目が、できた」

厨房の片隅から、躊躇《ためら》いがちな拍手が上がった。

ハンスもその拍手に和する。

さざ波のように広がった拍手は、しばらくの間、鳴りやむことはなかった。

〈晩餐会〉

今晩のロンバウト・ビッセリンクは笑顔を取り繕うために大きな努力を要した。

無理もない。

知らぬ間に自分の名前で晩餐会が開かれることになっていたら、誰でも怒るだろう。まして、その晩餐会の準備が完璧で、自分でもこれほどまで上手く手回しすることはできないということを痛感させられるとあれば、尚更のことだ。

招待状は、帝国全土にばらまかれている。

帝国全土というのは、把握できた限り、ということに過ぎない。

下手をすれば国外にも届けられているかもしれないが、控えの精査は秘書のベネディクタに任せてある。

眼鏡を売るための商談行脚《あんぎゃ》をしていたロンバウトが部下からの急報で慌てて古都へ帰ってきたのはつい一昨日のことだった。

理解しがたい。

晩餐会の準備には通常、膨大な手間がかかる。

主催者のなすべき仕事はあまりにも多く、晩餐会前に過労で倒れる商人さえいるほどだ。

事態の全容を把握する暇もなく晩餐会の準備に取り掛かったのだが、驚くべきことにロンバウトのなすべきことは何一つとして残されてはいなかった。

そう、何一つ。

会場を飾り付ける花の支払いさえ、全て事前に終わっていたのだ。

それも、ロンバウト・ビッセリンクの名前で。

支社の帳簿からは泪滴型銀貨《トロプフェン》の一枚も支出されていないから、悪戯にしてはあまりにも規模が大き過ぎる。

こんなことができる人間は、帝国広しといえども数人しかいなかったが、ロンバウトは最悪の可能性を可能な限り考えないようにしていた。

「こんばんは。ご無沙汰しております」

会場となる〈四翼の獅子〉亭の入り口前で、ロンバウトは必死に作り笑いを浮かべる。

招待されている客は、大商人ばかりではない。

銀行家、高利貸し、高位聖職者に、諸侯《しょこう》と呼ばれるほどの大貴族。

いずれも帝国や近隣諸国の通商に大きな影響力を持つ、巨大な力の持ち主たちだ。ビッセリンク商会の支店長に過ぎないロンバウトなど鼻息一つで吹き飛ばすことのできる面々が、古都に集いつつある。

いったい誰がこんなことを。

疑問を必死に隠しながら賓客を出迎えるロンバウト・ビッセリンクの眼前を、見慣れた顔の老人が素通りしようとした。

通り過ぎようとした老人の手を無理やりに引っ掴む。手紙と帳簿と督促状《とくそくじょう》を書き続け、インクの匂いが染みついた手だ。

ロンバウトは努めてにこやかに挨拶する。

「……こんばんは。ご無沙汰をしております、父上」

「おお、これはこれは。お招きありがとう、ロンバウト・ビッセリンク殿」

飄々《ひょうひょう》と答える父の顔を見て、ロンバウトは全てを察した。

今回の一件、父の仕組んだことに違いない。

「まさかお越し頂けるとは思いませんでしたよ」

懐から封蝋《ふうろう》を割った招待状を取り出し、ウィレムは茶目っけたっぷりに片目を閉じて見せる。

「息子からの招待を無下《むげ》に断るほど、耄碌《もうろく》はしておらんよ」

よくもいけしゃあしゃあと、と口には出さず、ロンバウトは笑顔で会釈《えしゃく》した。

本当ならここで舌戦を繰り広げてもいいような気分だったが、矛《ほこ》を収める。

久方ぶりの再会にわざわざ泥を塗る必要もないだろう。

「ロンバウト様」

ベネディクタの声に振り返ると、次の馬車が今まさに〈四翼の獅子〉亭の前に到着するところだった。

「それでは父上、また後で」

「そうだな。また後で」

もう一度握手を交わし、父の背中は会場へと吸い込まれていく。

馬車から降りてきたのは紋章からすると帝国南部の豪商、ゼーゼマン商会の当主だ。

一角羊の雌雄がのんびりと草を食《は》む牧歌的な意匠《いしょう》の紋章とは対照的に、ゼーゼマンはきな臭い噂の絶えない商会だった。

領主たちに金を貸し付ける一方で地元の貧農たちの独立運動にも出資し、あちらこちらで恨みを買っている。

言ってしまえば、悪党の類いだ。

そんな真似をしながら地位を維持しているのは、類稀なる政治力によるところが大きい。

帝国側と聖王国《ルブシア》側の双方の貴族を上手く争わせ、巧みに利を得る姿勢はロンバウトも舌を巻くほどだ。

こんな人間にまで父は声を掛けていたのだから驚きだった。

「お招きいただき、ありがとう」

商人というよりも野盗の棟梁《とうりょう》でもやっていそうな顔つきの男が、凄みのある笑みでロンバウトと握手を交わす。

いかつい顔とは裏腹に、掌は女のように柔らかい。

父や自分と同じく、商人の手だとロンバウトは直感した。

羽根ペンの胼胝《たこ》と、インクの匂い。

この手を持つ人間は、どんな顔をしていても信頼できる。

たとえ神に背《そむ》いたとしても、金貨と儲ける機会、そして利益を決して裏切らない人間だからだ。

連れている背の高い女秘書は、ベネディクタの方に興味津々という様子だった。

眼鏡が気になるのかもしれない。

だとすれば、商機があるかもしれないな、とロンバウトはぼんやりと考えた。

次々と馬車が訪れ、続々と大物が吐き出されていく。

「次はバクーニン商会の方ですね」

耳打ちするベネディクタにロンバウトは小声で問い直した。

「バクーニン？　聞かない名前だ」

「大公国《ルーシア》の大商会ですね。確か、リュプシカという魚の塩漬けを毎年、北方三領邦を通じて帝国へ輸出しているはずです」

「美味いのか？」

「火酒《ヴァサー》に合います」

ベネディクタが即答したところで、バクーニン商会の会頭がにこやかに手を出してきた。熊のような大男だ。毛皮の帽子が何とも大公国らしい。

「お招きいただきありがとう、ビッセリンク殿」

「お目にかかれて光栄です、バクーニン殿。生憎、リュプシカはご用意できませんでしたが」

リュプシカの名を出すとバクーニンの片眉がピクリと動いた。

熊のような大男が、俯き、震え出す。

何かしくじっただろうか。慌てるロンバウトの目の前で、バクーニンは大地を震わすが如く呵々大笑《かかたいしょう》してみせる。

「いや、遠路はるばる西の果てまで来た甲斐があった。こんなところにも我が商会の名が轟《とどろ》いているとはな」

熱く抱擁《ほうよう》する大公国式の挨拶をしてみせ、バクーニンは上機嫌で会場へ消えた。

連合王国《ケルティア》の勅許状商人《ちょっきょじょう》から聖王国の悪名高い生臭《なまぐさ》司教まで、次々と人が押し寄せる。ロンバウトが名前どころか存在すら知らぬ貴顕《きけん》も少なくなかったが、ベネディクタの手助けで、なんとか上手く挨拶は終えることができたようだ。

「お疲れ様です、ロンバウト様」

労《ねぎら》うベネディクタの顔にもさすがに疲労の色が見える。

しかしここで休むわけにはいかない。晩餐会は、これからが本番だ。

「だが、これだけの人間、満足させる饗応《きょうおう》ができるのか？」

「料理人の腕に懸けるしかないでしょうね……」

それが一番の問題だった。古都に滞在しはじめてからというもの、ロンバウトは〈四翼の獅子〉亭の宴席というものを、見たことがなかったのだから。

「……ほう」

ロンバウトの口から、歓声が漏れた。

食前酒の後に供されたのは、晩生瓜《おくてうり》と生のハムを合わせたものだ。

晩生瓜は甘みの少ない種だが、生ハムの塩気と組み合わせると、これがなかなかどうして実に巧く引き立て合う。美味い。

〈四翼の獅子〉亭で一番広いという会場は、煌《きら》びやかに飾り立てられている。

少し前には先帝陛下が臨席した北方三領邦との外交交渉も行われたというこの部屋には、多くのテーブルが並べられ、賓客たちが飲み物と前菜を楽しんでいた。

明確に座席が決まっているわけではない。

商人も貴族も、意中の相手を探しては渡り鳥のように席を立つ。

行儀の悪いことこの上ないが、一方で仕方のないことだろうとも思う。

これだけの数の大商人が一堂に会する機会など、滅多にないことなのだ。少しでも多くの商人と顔を合わせ、言葉を交わし、誼《よしみ》を結びたいと考えるのは無理からぬことだろう。

逆に言えば、本当はもっと顔を合わせて話し合うべきことがあるということでもあった。

本来であればロンバウトも顔を繋ぎたい相手がいないではないが、主催者ということでなかなか自由に身動きできる立場ではない。

晩生瓜と生ハムの残りを、頬張る。

やはり、美味い。

もう一口食べたいな、と思ったところですかさず次の皿が出てくる。

白身魚と香草を使った一口大の前菜に使われているのは、バッセという魚だ。

これは古都の運河に棲《す》む雑魚で、今の時期が一番味がよい。普段は大して気にも留められない庶民の味も、装いを改めるとまるで着飾った艶《あで》やかな貴婦人のように上品な味わいとなる。

これが〈四翼の獅子〉か、とロンバウトは舌を巻いた。

列席の商人たちも上機嫌で出される前菜の数々に舌鼓を打っている。

しかし、宴が盛り上がれば盛り上がるほど、ロンバウトの胃は締め付けられるようだ。

この晩餐会が、何のために開かれたものなのか。父の差し金だということまでは分かったが、それがロンバウトには分からない。

いったい何のためにこれだけ大仰《おおぎょう》な舞台を用意したというのだろうか。

まさか息子をからかうためというわけでもないだろう。

エールで喉を潤していると、ロンバウトの隣の席に、ぬぅっと巨漢が腰を下ろした。

ゼーゼマンだ。

「やぁ、ビッセリンク殿。飲んでいるかね」

「頂いております、ゼーゼマン殿」

それは結構、とゼーゼマンはジョッキの中身を干した。給仕が運んできた二卵鶏のレバーペーストをパンに塗りたくると、豪快に口へ放り込む。

健啖《けんたん》であることは商人の条件の一つと教わっていたが、ゼーゼマンもその例に漏れないようだ。

「それでな、ビッセリンク殿。一つ相談したいことがあるのだが」

「私に、ですか？」

尋ね返すとゼーゼマンは呆れた顔をしてみせる。

「当り前だ。引退を宣言したお前さんの御父君でも、出来こそいいが気風と覇気に欠ける弟さんたちでもなく、ロンバウト・ビッセリンクに相談がある」

山賊のようなゼーゼマンにそう凄まれると、喜んでいいものか悪いものか、一瞬判断に迷った。

しかしこの真剣な表情は、世辞や酔狂《すいきょう》ではないらしい。

「私にできることでしたら、なんなりと」

返事を聞いてゼーゼマンは耳まで口が裂けたような笑みを浮かべ、丸太みたいな腕でロンバウトの首を抱え込んで囁いた。

「実はな……眼鏡を売って欲しい」

「……眼鏡、ですか？」

耳打ちするように頼み込んでくるゼーゼマンに、ロンバウトは困惑した。

そもそも、硝子と眼鏡は帝国の南、聖王国の名産とされている。

帝国南方に商圏を持っているのだから、聖王国から取り寄せればよさそうなものだ。

「皆まで言うな、言わずとも分かる」

ゼーゼマンはロンバウトの質問を察したらしい。

少し恥ずかしげに、事情を話しはじめる。

「実は今日連れてきた秘書、あれは娘なのだ」

娘、と聞いて先ほど顔を合わせた背の高い秘書を思い出した。なるほど、確かに言われてみればゼーゼマンと似ているところもないではない。

「その娘が、ビッセリンク商会の眼鏡を甚《いた》く気に入ってな」

なるほど、とロンバウトは得心した。確かに、ビッセリンク商会でしか用意はできない。

実を言えば、ベネディクタの眼鏡は特別製だ。

レンズがではない。眼鏡そのもののフレームが、特別なのだ。

フーゴと共に眼鏡を女性にも売っていこうという話になった時、真っ先に考えたのが眼鏡の形だった。どうせなら、見目のよい方がいい。

ローレンツに紹介してもらった細工師に頼み、繊細で落ち着きある女性用のフレームを至急作らせたのが、まさかこんなところで役に立つとは思わなかった。

さて、値段をどうするべきか。

こういうことは、はじめが肝心だ。帝国では女性専用の眼鏡が売られたことなどこれまでにはないのだから、ロンバウトの決めた値段が全ての基準となる。

意を決し、ゼーゼマンに価格を耳打ちした。交渉のために、多少吊り上げてある。ここからどこまで値切られてしまうかが、今後の女性用眼鏡の運命を決めることになるだろう。

値段を耳にしたゼーゼマンの片眉が上がった。

匪賊《ひぞく》さえも震え上がるというゼーゼマンの顔に浮かんだのは、呆れだ。

「ビッセリンク殿、それは安過ぎる」

意外な指摘だった。

男性用の眼鏡よりも細工に手がかかるから、それなりの値段をゼーゼマンに伝えたつもりだったのに、返ってきたのが安過ぎる、というのはどういうことだろうか。

「ウチの商会は聖王国に近いからあちらの事情は概ね把握しているが、女性用の眼鏡なんてものを思いついた奴は、まだいない。麗《うるわ》しの皇妃《こうひ》セレスティーヌ殿下の眼鏡さえ、そこまで凝った飾り付けはされていない。つまり、だ」

ゼーゼマンの大きな掌がロンバウトの両肩を捕まえる。

「値段は、いくらでも吊り上げられるということだ。意中の姫君の心を惹《ひ》こうとこの眼鏡を求める貴族や商人は後を絶つまいよ」

喉の奥から、唸りが漏れた。

なるほど、そういう考え方もある。

「しかし、ゼーゼマン殿」

言い募ろうとするロンバウトを、ゼーゼマンが手を軽く振って制した。

「ロンバウト殿の懸念も分かるよ。あまりに値を吊り上げてしまえば、本当に目が悪くて眼鏡を必要とする女性の手元へ届かないのではないか、という懸念だろう」

図星だ。

たとえば、居酒屋ノブの給仕。名はシノブといっただろうか。

ああいう階層の娘が仮に眼鏡を欲しいと思った時に、貴族向けの価格設定では決して手が届くことはないだろう。

それは、悲しいことだ。

自分自身が眼鏡によって世界に光を取り戻した身として、ロンバウトは全ての眼鏡を欲する人のために眼鏡が行きわたればいいとさえ思っている。

「簡単なことだよ、ビッセリンク殿。値段に差をつければいい。貴族用は、より高く。聖職者や学者相手には、そこそこの値段で。値を付けることができるのは、我ら商人に日輪と双月の神の与えたもうた特権じゃないか」

その通りだ。

豪胆な商売人と聞かされていたゼーゼマンに細《こま》やかな商売の基礎を思い返す切っ掛けを与えられて、ロンバウトは赤面する。

自分はまだこの世界では若造に過ぎない。

ここに集まった多くの商人たちは、それぞれに自分の哲学と美学を持ち、日々たくましく生き抜いているのだ。

そして、その中でも一目置かれている、父ウィレム・ビッセリンク。

跡を継ぐ、ということの恐ろしさよりも、楽しみだという感情がロンバウトの背筋を稲妻のように走り抜ける。

父は、こんな連中と丁々発止《ちょうちょうはっし》のやり取りをしていたのだ。

なんと楽しそうなことか。嫉妬すら覚える。

弟たちに負けるわけにはいかない。この楽しさは、自分のものだ。

その時、会場の奥の方で歓声が上がった。

何だろうと立ち上がって背伸びをしてみると、新しい皿が運ばれてくるようだ。

「ベネディクタ、あれは？」

「それが……四十八皿目、のようです」

「今日のメニューは四十七皿では？」

〈獅子の四十七皿〉の話は、ロンバウトも聞き知っていた。

〈狡知王〉と〈陰険公〉の歴史的和解をもたらした料理。

それがまさか〈四翼の獅子〉亭の話だとは今日の今日まで思いもしなかったが、〈晩餐会〉の準備を検分している時に教えられたのだ。

高名な〈獅子の四十七皿〉をなぞられた料理が四十七皿出てくると聞かされていただけに、四十八皿目が出てくるというのは確かに面白い趣向かもしれない。

ゼーゼマンには後ほど詳しく商談を、と約束し、四十八皿目を見物に行く。

とろとろに煮込んだ牛肉にかけられているのはサワークリームだろうか。

離れていても美味そうな匂いが鼻腔をくすぐる。

待ちきれないとばかりに取り分けられた皿を奪い取った商人が「美味い」と声を上げた。

確かに美味そうだ。

口にした商人や貴族たちの表情が綻ぶ。

必死に匙を動かし頬張る様は、まるで少年のようだ。

ベネディクタの持ってきた皿から、ロンバウトも一口。

美味い。

仔牛のフォンを野菜や香草と煮込んだのだろう。

牛肉の旨みと玉葱の甘みだけでない深い味わいは、どこか異国を思わせる味だ。

しかし、この芳醇《ほうじゅん》な味を支える隠し味のようなものの存在が、ロンバウトには気にかかった。

何かある。何かあるのだが、それが何か分からない。

「ショーユか！」

東王国《オイリア》の貴族、ラ・ヴィヨン卿《きょう》が声を上げる。

クローヴィンケルには一歩譲るが、美食家として知られた人物だ。

「ショーユとは？」

尋ねられてラ・ヴィヨンや連合王国の勅許状商人の語るところによれば、連合王国の西部で作られている調味料で、魚醤《フィゾーサ》のようなものだという。

「ビッセリンク殿、連合王国というと大公国から見れば地の果てだが、古都にはそんな遠方と交易するだけの力があるのだな」

いつの間にか隣に立っていたバクーニンが四十八皿目を美味そうに頬張っている。

ロンバウトの視線の先で、ウィレム・ビッセリンクが茶目っけのあるウィンクをした。

ああ、そうか。全ては父の差し金だったというわけだ。

〈晩餐会〉の真の理由が、ロンバウトにははっきりと分かった。

「古都《アイテーリア》は、交易の中心となります」

呟くように放たれた言葉は、意外なほどに大きく響いた。

喧騒は止《や》み、人々の視線がロンバウトに集まる。

心臓が早鐘を打った。

会場にいる人の全てが、ロンバウトが次に何を口にするのかに注目している。

「ビッセリンク商会は古都の市参事会と協力し、海へと繋がる水上交易路を復活させます」

火にかけた鍋がぷつぷつと泡立つように、呟きが広がった。

小さな泡は大きくなり、大きなうねりとなって会場を包む。

「ロンバウト殿、それはいつ頃になる?」

「具体的な方法は決まっているのか?」

「〈晩餐会〉に来る途中に運河の浚渫《しゅんせつ》をしていたようが、それも関係しているのか?」

質問が半ば怒号のように飛び交った。

古都への海上交易路が復活すれば、海を通じて物資は内陸へとこれまでより遥かに安く運び込むことができる。当然、その逆も然《しか》り。

商機がここにあると知れれば、古都に出資したいという商会も増えるだろう。むしろ、見逃して乗り遅れれば、死活問題ともなりかねない。

大勢の商人にもみくちゃにされながら、ロンバウトは父ウィレムの姿を探した。

この騒ぎもどこ吹く風で、古都の助祭相手に上等の酒を傾けている。その隣にいるのは、〈四翼の獅子〉亭の大リュービクだろうか。

あの三人にどんな繋がりがあるのかはロンバウトも知らないが、随分と幸せそうだ。

「落ち着いてください。順を追って説明しますから」

ベネディクタと一緒に商人たちを落ち着かせながら、ロンバウトは自分が大きな波に乗っていることを、感じていた。

【閑話】火噴き山と〈神の舌〉

山が、哭《な》いている。

轟々《ごうごう》と地鳴りを響かせながら、山が、火を噴いていた。

山頂近くから湧き出《い》でる黒雲は蒼天を覆い、劫火《ごうか》の如き溶岩は幾筋も分かれて麓《ふもと》の林と畑とを舐《な》めるように灼《や》き尽くしている。

雷鳴が轟《とどろ》き、噴石が家々の屋根を砕いた。逃げ遅れた鴉《からす》の群れが、一刻も早く神の怒りから遠ざかろうと耳障りな声を上げて上空を飛び去るのが見える。

空は、昏《くら》い。

舞い上げられた膨大な量の粉塵《ふんじん》が、神の愛もろともに天の光を覆い隠しているかのようだ。

地獄、とはこういう景色を言うのだろうか。

眼前の光景を少しも見逃すまいと、若き僧侶は目を見開いた。

火山から十分に距離を取った丘の上に、僧侶たちはいる。

僧侶だけではない。あの火噴き山に今まさに焼かれつつあるビッセ村の民、家畜の全て、そして家財の多くがこの丘の上に避難し遂《おお》せていた。

奇蹟、と言ってもいいだろう。

朝には何の兆候もなかった山が、今では神の怒りを顕《あらわ》すかの如くに炎と礫岩《れきがん》とを天に噴き上げ続けている。

全員が無事に避難できたのは、僥倖《ぎょうこう》としか言いようがない。

また大きな揺れ。

僧侶の視線の先で、山の一部が緩やかに崩れる。

確かあの辺りには炭焼きの老人が冬を越す小さな小屋があったはずだ。

焼いた玉子の黄身を匙の背で潰すように、見慣れた山は、日常は、壊れ続けていく。

「エトヴィン」

僧侶の肩に、誰かが手を掛けた。

振り返らなくても分かる。この大きくてインクの匂いのする掌は、ウィンクルだ。

ウィレム・ウィンクル。

聖王国《ルブシア》から東王国《オイリア》を経て、帝国西部へと到《いた》る巨大な商会を建てようという野望を持つ、売り出し中の商人だ。

彼の構想ではビッセの村は交易の重要な結節点となるはずだった。

酒を飲みながらこの商人が熱っぽく語っていた夢物語を、エトヴィンが気に入っている。

「ウィレム、商品は？」

肩を竦《すく》め、ウィレムは両手を天に掲げて見せる。

お手上げということだろう。

「ぜーんぶ燃えた。商品だけじゃないぞ。家系図から何から、ぜーんぶだ」

家系図、と聞いてエトヴィンの胸は少し痛んだ。

ウィレム・ウィンクルの所蔵する家系図は、これまでにエトヴィンの見たものの中で、最も不思議な部類に属する。

リップ・ヴァンという家祖の木こりがどこから来たのか、見当さえつかなかった。

精査して研究したいと思っていたのだが、どうやら夢と消えたようだ。

形あるものはいずれ砂に還《かえ》る。遅いか早いかの違いしかない。

「ただまぁ、従業員が全員無事だったからな。それだけでも御《おん》の字だ」

豪快に笑うウィレムの後ろには、彼の雇っている従業員たちの姿があった。

従業員と言えば聞こえはいいが、元は単なる孤児だ。ウィレムが拾い、仕事や読み書きを教え、今では帳簿を付ける者までいるという。

「一から出直しだな」

エトヴィンが苦笑すると、ウィレムが鼻をこすった。

「そう、それよ」

聞けば、ウィレムの商会はこれまでに随分と恨みを買っているのだという。

阿漕《あこぎ》なことをしたからではない。正当な取引をすることで、商売敵の不正な商売を叩き潰したことで不評を買っているのだという。

さもありなん、と思いながらもエトヴィンはウィレム・ウィンクルの言葉を全て信じているわけではなかった。

清濁《せいだく》併せ呑む器の大きさを持つ男だから、後ろ暗いことにも手を染めているだろう。

ただ、それを敢えて指摘してやるほど、エトヴィンも野暮ではない。

「そこで、だ。ここでウィレム・ウィンクルは死のうと思う」

「ほう」

面白いことを言う。

確かにこの噴火なら、人の一人二人死んでも不思議ではない。

全員が助かったことが、奇蹟なのだ。

「死んで、なんとする？」

顎を撫でながら、ウィレムは人好きのする笑みを浮かべた。この笑顔に絆《ほだ》される人間は少なくない。エトヴィンも、その中の一人だ。

「ウィレムという名は親父殿の遺《のこ》してくれた数少ないものの一つだから、これはそのまま残そうと思うのだ。問題は、ウィンクルの方だな」

言われて、エトヴィンは頷いた。

ウィンクル姓の人間を、エトヴィンは他に聞いたことがない。

悪評や恨みを逃れるために死んでみせるというのなら、確かにウィンクルの名は捨てた方がいいだろう。先祖の木こりには申し訳ないが、これもウィレムと従業員のためだ。

「この村の名前をな、残そうと思うのよ」

いいと思うよ、とエトヴィンは答えた。

助祭として赴任《ふにん》して数年。

いい思い出も、悪い思い出もある。

誰かの名前の中にでも、村の名前が残るのは、悪くない思い付きだ。

「ビッセウィンクル、では座りが悪いな……どうしたもんだろう」

「ビッセリンク、ではどうかな」

二人の後ろから声を掛けてきたのは、街の酒場に勤める料理人だった。

名を、リュービクという。帝国には有名なリュービクという料理人の伝説があるが、ひょっとすると彼はその縁者なのかもしれない。

父祖の名をそのまま継ぐことは、珍しいことではないからだ。

生真面目な、それでいて気のいい男だ。

エトヴィンは彼も含めた村人に読み書きを教えているが、彼は生徒の中でも筋がいい。

博覧強記《はくらんきょうき》、というべきなのだろうか。

目にしたこと、耳にしたこと、全てを書き留めようとするから、給料のほとんどを羊皮紙の支払いに充てているという専《もっぱ》らの噂だった。

旅をしながら料理修業をしているという触れ込みだったが、ビッセの村にはもう随分と長いこと居ついている。

「ビッセリンク、ビッセリンクか」

二度三度、舌頭《ぜっとう》に転がしてみてから、いい名前だなとウィレムが頷いた。

ウィレム・ビッセリンク。

今ここに、新しい人間が誕生したことになる。

ごく自然に、エトヴィンは日輪と双月の神に祈りを捧げていた。

「しかし、名付け親に対するお礼の品がないな」

ウィレムの呟きに、リューピクはかぶりを振る。

「お礼だなんて。ちょっと話が聞こえたから、口を突っ込んだだけですよ」

「いいや、こういうことはしっかりとしておかないと後が怖いんだ。商売というのは博打《ばくち》の最たるものだからな。縁起を大事にしない奴は大成できない」

とはいえ、とウィレムとエトヴィンは辺りを見回した。

エトヴィンが避難を呼びかけたお陰で、ビッセ村の人間は老人から赤子、鶏の一羽に至るまで全てがこの丘の上に避難している。

老婆がエトヴィンを見て感謝の祈りを捧げているのも、故《ゆえ》なきことではない。

「そういえばエトヴィンはどうやって噴火を予言したんだ？」

ウィレム・ビッセリンクに尋ねられ、エトヴィンは前髪の端を人差し指でくるりと弄《もてあそ》んだ。

「味がね、変わったんだ」

「味？」

二人に問い質《ただ》されると、答えないわけにはいかない。

エトヴィンが異変に気が付いたのは、井戸の水の味が変わったからだった。

普段なら澄んだ味の水に、どうにも雑味を感じたのだ。

濁り、というべきかもしれない。

少し前に読んだ本に、火山が噴火する前には井戸水の味が変わる、とあったのを思い出したのは本当に偶然だった。

「助祭のお陰で助かりました。逃げて何もなければ笑い話、何かあったら幸運じゃないかとみんなを説得してくれたお陰ですよ」

リュービクにそう言われると、自分でも不思議な気がしてくる。

どうして自分は自信をもって避難させることができたのだろうか。

あの時は、絶対にそうするべきだという不思議な確信がエトヴィンを突き動かしていた。

「味ねぇ」

後ろ頭をバリバリと掻きながら、ウィレムがエトヴィンとリュービクの二人を見較《みくら》べるようにして眺める。

「なぁエトヴィン。その話、売ってくれないか」

「売る？」

何を言いはじめたのだろうと思ったが、エトヴィンにはすぐにウィレムの考えていることが分かった。視線の先には、リュービクがいる。

「分かった。売ろう」

よし、とウィレムはリュービクの肩を叩いた。

「おめでとう、リュービク。お前は今日から、凄い舌の持ち主だ。何と言ったって、火山の噴火をその舌で予知してみせたんだからな」

事態を飲み込めないリユービクは酷く困惑した様子で周囲を見回したが、助けてくれる者は誰もいない。

「〈神の舌〉、そう〈神の舌〉なんてのはどうだ。料理人としては随分と箔《はく》が付きそうじゃないか」

「いや、でも私はそれほど舌の鋭い方じゃなくて……」

まごつくリユービクの背中を、ウィレムはばんばんと叩く。

「そこを努力で何とか補うのがお前さんの腕の見せどころじゃないか。みんな知ってるよ、あんたがこの地方の料理を材料から作り方から全部羊皮紙にまとめてることをさ」

説得されて、リユービクは考え込むように俯いた。

料理蒐集者《しゅうしゅう》としてのリユービクは非凡なものを持っているが、料理人としての彼は平凡だ。

毎日のようにビッセ村唯一の酒場で彼の作る肴を口にしているエトヴィンの見立てだから、間違いはない。

だが、リユービクは、自分自身が平凡であってはならないという宿命に囚《とら》われているようだ。

降って湧いた、〈神の舌〉。

彼はそれを、自分の意志で受け容れた。

「分かりました。私は今日から、〈神の舌〉を名乗ります」

いつもおどおどしていたリュービクの顔に、何かが宿る。

名は体《たい》を表すというが、名前が変われば人が変わることもあるのだろうか。

やはりまだまだこの世には知るべきことが多い。そんなことを考えながら、エトヴィンは前髪をまた指先で弄ぶ。

「さて、これで残る問題は一つだけだな」

ふむ、とウィレムの方を見ると、彼は懐から革の水筒を取り出した。

中身はしっかり入っているようで、ちゃぷちゃぷと音がする。

そういえば、喉が渇いた。

井戸水に雑味を感じた時以来、エトヴィンは一滴も水を飲んでいない。

「ビッセ村で最後に残ったワイン。エトヴィンへの支払いはこれでいいか？」

思わず、噴き出しそうになるのを、エトヴィンは堪えるのに必死になった。

火山の噴火を予知したとなれば、それは奇蹟だ。

少なくとも奇蹟に類する話を売った支払いが、革袋のワインだけ。

だが、そのワインが今は堪らなく欲しいというのもまた事実だった。

「いいよ、そのワインを貰おう」

革袋を受け取りながら、ウィレムの肩をエトヴィンは小突く。

安く買って、高く売る。商人の基本中の基本をこれだけ徹底できる人間はこの世の中でもほとんどいないだろう。きっとウィレムは大した大商人になるに違いない。

ひょっとすると、一国を代表するような大商人になるかもしれなかった。

「まぁ、エトヴィン。オレが大商人にでもなったら、その時は美酒でも珍味でもなんでもご馳走してやるよ」

期待せずに待ってるよ、と手を振ると、リュービクも話に加わってくる。

「その時は是非、私の店を使ってくださいね」

それはいいとウィレムが笑い、盛大な晩餐会をオレの金で開いてやるよと請け負った。

村が焼け、無一文になったばかりだというのに、なんと気持ちのいい未来予想図だろうか。

「それで、これからどうするんだ？」

ウィレムに尋ねられ、エトヴィンは天を仰《あお》いだ。

「ここで焼け出されたビッセ村の人の手伝いをする。その後は、教導聖省にお伺《うかが》いを立てることになるだろうな」

元々、ビッセ村での任期は終わりかけていた。

聖都に戻れば、次の任地は滞《とどこお》りなく指示されるだろう。ほとぼりも冷めているだろうから、少し変わったところへ赴《おもむ》くことになるかもしれない。

「私は、東の方へ行ってみようと思っています」

遠い目をしたリュービクは、北方三領邦とその先の大公国《ルーシア》の名を挙げた。

大公国と言えば、エトヴィンの感覚では地の果ての更に先だ。

理由を尋ねれば、向こうの料理を知りたいのだという。

確かに、あちらの料理はあまり伝わってこない。

寒い地域で、どうやって宴席の料理を冷めないように出すのかにも興味があるそうだ。東王国こそが料理の中心であるという今の状況を打破する手掛かりを、東に探しに行くというリュービクの熱意は、痛いほどに伝わってきた。

「オレは、帝国西部だな」

毛織物取引に、好機が来ている。ウィレムはそう読んでいるらしい。

商機を読んで、拠点を移す。

いつまでも失った物資のことでくよくよしない、ウィレムらしい判断だ。

確かに、エトヴィンから見ても帝国西部の毛織物は質もいいし、値段も手頃だ。

職人たちのギルドからの買い付けの販路をまとめて商う販路さえ確保できれば、大きな商いができるだろう。

買ったばかりのワインを、エトヴィンは呷った。

大して美味くはないはずのワインが、どうしてこんなに甘露《かんろ》に感じるのだろう。

山の噴火は、もう収まりはじめている。

村は跡形《あとかた》もないが、この分なら放牧地はそのまま使えるかもしれない。

「ワインだけでは、寂しいのではありませんか？」

村人たちの当たる焚火で、リュービクがソーセージを炙《あぶ》る。

肉の焼けるいい匂いが、辺りに漂った。

一度食欲に火が付くと抗《あらが》いがたいもので、村人たちもチーズやパンを荷物の中から取り出して焚火でちょっと温めたりしはじめる。

ここは節約を、と言いかけた同僚の助祭を、エトヴィンは止めた。

助祭の言いたいことも分かる。

村を立て直すにせよ、別の村へ移るにせよ、しばらくは飢えと窮乏《きゅうぼう》に苦しまねばならない。

だが、切り詰めた生活を迎える前に、鋭気を養うことも大切だろう。

難事を乗り越えるために、まずは生きる活力が必要だ。どんなに辛く険しい時でも、腹に何かを詰めれば、その熱は生きる気力に変換される。

食べるということは幸せなことなのだ。

村人に交じってパンを齧るウィレムの笑いが、丘の上に響く。
またいつか、この気のいい商人と酒を酌み交わしたい。
そんなことを考えながら見上げる空には、もう双月が輝いていた。

大市

〝商いの幸と不幸は畑の畝《うね》を横切るようなもの。下りがあれば、次は上る〟

マルコが遍歴商人をはじめた時に随分と世話を焼いてくれた老商人の口癖だ。

元は俚諺《ことわざ》の類いだという。

大層含蓄《がんちく》のある言葉だ。

昔は僧侶になりたかったというこの老商人から、マルコは商売の基本を教わった。

学のある老商人の言葉は今でも折《おり》に触れて思い返す。

この老商人、学はあったが商才の方はなかったようで、畑の畝どころか崖でも下るように財産を失って、孫夫婦の家に転がり込むようにして商売を辞めたようだ。

それもまた、人生なのかもしれない。

先日のマルコは、畑の畝を敢えて下った。

運河沿いの店舗兼住居兼倉庫に、手持ちの資金をほとんど吐き出したのだ。

莫迦《ばか》な買い物と罵《ののし》られれば、その通りと頷くしかなかった。

早く腰を落ち着けたいという逸《はや》る気持ちに目が曇っていたとしか思えない。

それが、今はどうだ。

マルコの目の前には、束になった手紙が山と積まれている。

「店を買いたい」

例の晩餐会の翌朝から、マルコに手紙が届きはじめた。

悪い冗談だと思って捨て置いたのは差出人のせいだ。

質のいい封筒に、便箋《びんせん》。

捺《お》してある封蝋《ふうろう》は、今をときめく大商会の紋章だ。

冗談にしても莫迦にした話である。

マルコでも名前を知っているような大商会が、少し前まで遍歴商人だったマルコに立派な封蝋を捺した手紙を送ってくるはずがないではないか。

ところが、手紙は一通ではなかった。

肉屋の徒弟《とてい》が届けてくれる手紙を、マルコは一通一通丹念に確認する。

全て、店を売ってくれという懇願にも似た手紙だ。

二通三通のうちは笑っていられたが、手紙が五通を超えたあたりで笑みは引き攣《つ》り、十通を超えると今度は自分がおかしくなったことを疑わざるを得なかった。

窓の外からは大市の賑やかな喧騒が聞こえてくる。

通りにはこの機を逃すまいと露店が犇《ひし》めき合い、子供たちだけでなく大人も買い食いの悪徳に身を染めて、生業《なりわい》の疲れを癒やし、一年の労働と収穫を労っていた。

去年の大市も大した騒ぎだったと聞くが、今年ほどではないだろう。

貴族の馬車が車輛《しゃりょう》を連ねて古都の大市へ押しかけるというのは、少し前には考えられなかったことだ。北方三領邦との緊張が解けたのは、本当に喜ばしい。

市参事会は嬉しい悲鳴だという。

今年はそれに加え、晩餐会のために古都《アイテーリア》を訪れた商人たちがこぞって滞在の予定を延ばしたこともあって、宿という宿は全て満員御礼。

一般の民家に貴族が一夜の宿を求めるという不思議なことさえ起こっているのだという。

それでも間に合わないと判断した古都衛兵隊では、中隊長の号令一下、古都の城壁外に野営用の天幕を展開した。

貴族はともかく、そのお連れだけでも外で寝てもらおうという計らいだったのだが、戦場から戦場に渡り歩いた古参の貴族などは却《かえ》って天幕が懐かしいと、城壁外で夜露《よつゆ》を避ける始末である。

あの戦場以来、などとちょっとした同窓会の様相も呈《てい》しているということで、目敏《めざと》い商人たちはそういう場へ酒や肴を運んで荒稼ぎをしていた。

本来ならマルコもその企みに加わりたい。

店を買うために資金の大部分を吐き出した今の状況では、小銭を元手に儲けることのできる騒ぎは大歓迎なのだ。

しかし、どうしたものか。

目の前に積み上げられた手紙の山から、マルコは目が離せない。開封してみたが、どれも驚くべき金額での購入を打診してきていた。

どれを選ぶにしても、とんでもない金額がマルコの懐に転がり込むことになる。

ここは決断を焦るべきではない。ここは落ち着くために、一杯飲もう。

そう考えると、足は自然と例の店へ向かっていた。


「いらっしゃいませ！」

「……らっしゃい」

大盛況の居酒屋ノブだが、少し前に客がちょうど一人立ったらしく、上手い具合にカウンターへ滑り込むことができた。満席の店内はいつものノブと打って変わって注文と客の歓談が喧《やかま》しいほどだが、こういう雰囲気もマルコは嫌いではない。

大市の期間はどうしても混んでいて、というシノブの詫びの言葉と共にオシボリを受け取りながら、店内を見回す。

落ち着いた服装をしている客が多いが、明らかに市民ではないことが窺《うかが》える客が少なくない。

まるで仮装でも楽しむように市井《しせい》の民に身をやつしているが、貴族や豪商がラガーで喉を潤しているようだ。

後ろの席で「陛下」という呼び声が聞こえた。いや、勘違いに違いない。マルコは鋼《はがね》の精神で振り返りたいという気持ちを抑え込む。どうせ見てもご尊顔《そんがん》を見知っているわけではなかった。

さすが、今年の大市は盛況だ。

〈四翼の獅子〉亭や〈飛ぶ車輪〉亭に人が溢れているから、居酒屋ノブにも貴族が訪れているのだろう。中々見る目があるな、とマルコは我がことのように嬉しくなった。

オトーシとして出されたギンナンを摘まむ。

固い殻の中にある美しい翡翠《ひすい》色の実に少しだけ塩を付けて口へ放り込むと、ほろ甘苦い味わいが口の中に広がった。

「なにやら難しい顔をしているね」

声を掛けてきたのは、隣の席に座る身なりのよい老紳士だ。

言葉に帝国西方の訛《なま》りがある。どこかの大商人だろうが、社交界とは縁のないマルコにはどこの誰だか見当も付かない。

隣に座るエトヴィン助祭とは親交がある様子だから、その伝手《つて》でノブへ来たのだろう。

ああいえ、実は……と躊躇《ためら》いながら取り出したのは、先日手に入れた物件の権利書だ。盗まれるわけにはいかないから、いつも肌身離さず懐に入れている。

「ふむ、物件か」

どれ拝見、と断る間もなく老商人はマルコの手から権利書を受け取った。あまりに自然な手つきに、ぷんとインクの匂いが香る。勤勉な商人に特有の匂いだ。

「ははあ、なるほど。この物件を売りたいが、どこへ売ればいいのか、という悩みか」

ここ数日相場が上がっているから、よほど下手を打たない限り……と言いかけて、老商人が契約書の一文に目を留めた。

「ロンバウト、ロンバウト、少し聞きたいんだが」

「はいはい、なんですか父上」

後ろの席でどこかの貴族に商談をしていたらしい細面《ほそおもて》の商人がひょいと身を乗り出す。

ロンバウト・ビッセリンク。

当然、マルコも知っている大商人だ。その父親ということは、この老商人は、まさか。

「この一文、購入した建物は一年と一日の間は転売不可能、というのはどういうことかな」

ああ、それは、とロンバウトが説明をはじめた。

曰《いわ》くそれは古都に対して昔の皇帝が下した勅令《ちょくれい》が元なのだという。

古都は、帝国直轄《ちょっかつ》の都市だ。

他の多くの都市と違い、都市を統治する領主としての貴族はいない。

主人の元を逃げ出した農民も、古都に一年と一日暮らせば、古都の住民となることができる。

ところがそれを快く思わない者もいた。彼らは古都へ越してきた農民や貴族の従僕を追い立てるように、彼らの住むところを奪い取ろうと画策したのだ。

時の皇帝はこのことを悲しみ、法で救済を試みた。転売禁止の勅令は、古都の民になろうとした者から物件を取り上げることを禁じた、温情の法なのだ。

「と、いうことだそうだ。若き商人よ。お前さんのところに届いている手紙には色よい返事はできそうにないようだな」

なんということだろう。

リオンティーヌの運んできたレーシュを啜りながら楽しげに目を細めるビッセリンク商会総帥の言葉に、マルコは打ちのめされた。

周りの音が急に遠くなる。

世界が色を失い、身体が鉛《なまり》のように重くなった。

店は、売ることができない。ウィレム・ビッセリンクの言っていることは、そういうことだ。

金の卵を持っているのに、売ることができない。

こんな屈辱は商人になってはじめてのことだ。どんな商品も、人から人の手に渡ってこそ価値が出る。自分の手の内にあるだけでは、この権利書は単なる羊皮紙と何の変わりもない。

今朝まで有頂天《うちょうてん》だった自分を、マルコは愧《は》じる。

商いの幸と不幸は畑の畝を横切るようなもの、とはよく言ったものだ。

上りがあれば、必ず下りがある。

沈痛な面持ちのマルコの肩を、老商人がポンと叩いた。

「別に命を取られたわけでもあるまい。こういう時は、美味いものでも食って元気を出すといいのではないかな」

そう言うと、ウィレム・ビッセリンクはシノブに注文する。

「こちらの前途洋々たる商人氏に、例の料理を」

はい、とシノブが応じ、厨房へ何事かを伝えた。

確かに今は、何かを腹に詰めなければやっていられない気分だ。
「ストロガノフ流の煮込み、お待たせしました！」
食欲をそそられる香り。
シノブの運んできたのは、牛肉を煮込んだ料理だった。
「〈獅子の四十七皿〉に新しく加えられる四十八皿目だそうだよ」
その噂は、マルコも聞いている。
悲劇の天才料理人が立ち直り、亡き母の味を思い返して作ったという四十八皿目。
この料理の凄いところは、〈四翼の獅子〉亭がそのレシピを無料で公開したことだ。
たった一つの隠し味を除いて、全ての作り方をどこの誰でも見ることができる。
多くの料理人が〈四翼の獅子〉亭の新料理長《シェフ》、リュービクに賛辞を贈ったのも頷ける。
母の旧姓から、ストロガノフ流と名付けられた料理を、マルコは頬張る。
牛肉の旨み、玉葱の甘み、そしてサワークリームの、酸味。
一口食べて、浅ましいな、と思った。
人生最大の博打に負けて、打ちひしがれていたのではなかったか。
それだというのに、匙が止まらない。
二口、三口。

自然とこぼれる涙を拭いながら、マルコは匙と口とを動かし続ける。

美味い、美味い、美味い。

喉の奥から叫び出したいような気分の時でも、美味いものは美味いのだ。

瞬く間に皿を空にしたマルコにラガーの入ったジョッキを勧めながら、ウィレム翁《おう》はにこやかに微笑みかける。

「いい食べっぷりだ。よい商人は、どんな時でも飯を食えねばならん」

手渡されたジョッキの中身を、一気に干す。

腹の中にどすんと入った、肉と酒。

そうだ。動かなければ、という気分が沸き上がってくるような気がした。

「よし、若者よ。よい面構えになったな。……ところで、起死回生の策は思いついたかね？」

悪戯っぽくウィレム・ビッセリンクが微笑む。

「……え？」

◆

「金の卵を売ることができないなら、孵《かえ》して雌鶏《めんどり》にすればいい」

ウィレム・ビッセリンクに言われた通り、マルコは金の卵を孵してみることにした。

その結果が、目の前にある大量の封筒だ。

住居兼店舗兼倉庫の一室で、マルコは机の上に積み上がった封筒の山を一通一通開封している。

封蝋のぱきりと砕ける感触が指先に心地よい。

以前よりも封筒の数は多く、問い合わせてくる商店の格も高かった。

一通一通に丁寧な返事をしたためながら、マルコは呟く。

「金の卵が孵って、金の卵を産む雌鶏になった、か」

運河沿いの店舗を、マルコは「売る」のではなく、「貸す」ことにした。

売ってしまえば利益は一度きりだが、貸すことにすればずっと収益を望むことができる。

まさに、金の卵を産む雌鶏だ。

保有一年未満での物件売却を禁じた勅令も、物件の賃貸までは禁じていない。

店舗の貸し借り自体は当たり前のことだし、古都でも日常的に行われている。大金を手に入れる好機に曇って、常識を見失っていたのだ。

古都の成長に賭けてみようと思っている商会や貴族は多いが、物件を購入するところまで踏ん切りの付かない人々にとって、マルコの提案は大いに受けた。

連絡用の事務所としては適当な大きさの物件だし、運河に近いというのも好条件だ。

古都の法令は、マルコに好都合に働いている。

複雑な契約書を交わしてマルコから店舗や土地の権利を掠《かす》め取ろうという悪辣《あくらつ》な手紙は、ほとんど来なくなった。

短期的な転売が難しい土地柄だということをマルコは懇切丁寧《こんせつていねい》に伝えているからだ。

賃貸の問い合わせは続々来ているが、目星をつけている商会が三つある。

破格な条件というほどではないが、マルコのことを契約相手として尊重してくれる文面だった。

既に面談も済ませ、感触も悪くない。これ以降、よほどい条件を持ち掛けてくる相手がいなければ、そのいずれかと商談がまとまりそうである。

〝商いの幸と不幸は畑の畝を横切るようなもの。下りがあれば、次は上る〟

この俚諺《ことわざ》には、実は続きがあることをマルコは知っていた。

〝本当に賢い商人は、畝を横切らずに種を撒いて耕すんだがね〟

ウィレム・ビッセリンクは、種を撒いて耕す商人だったのだろう。

自分も、そうありたい。

手をインクの匂いに染めつつ、マルコは商人としての決意を新たにした。

部屋の窓からは浚渫《しゅんせつ》作業の進む運河が見える。

古都の秋空は、今日も高い。

ハンスとすだち

異世界居酒屋「のぶ」

「そろそろ、すだちかな……」

ハンスの呟きに、しのぶは思わず振り返ることができなかった。

忙しかった大市も過ぎ、居酒屋のぶはいつもの平穏を取り戻しつつある。

昼営業と夜営業の間の、仕込みの時間。

少し空気の緩んだ矢先の一言だ。

しのぶは思わず凍り付いた。

ハンスが、巣立つ。

もしそうなったら、居酒屋のぶはどうなるのだろう。

ようやく軌道に乗ってきた昼営業は、ハンスなしでは考えられない。昼の営業と夜の仕込みはハンスの助力なしでは回らないほどになっている。

今ここで厨房が信之だけになれば、迎えることのできるお客の数は、これまでよりも随分と減らさざるを得ない。

いやいや、としのぶは頭を振った。

ハンスのことを、第一に考えなければ。

しのぶの祖父は常々言っていた。来る者は拒まず。去る者は追わず。

料亭を差配していると料理人を厨房の一員として捉《とら》えてしまいがちだが、一人の料理人はあくまでも一人の料理人だ。一人ひとりにそれぞれの人生があり、生き方がある。

居酒屋のぶがハンスにしてあげられることと、ハンスが居酒屋のぶにしてくれること。

長いハンスの人生のこれからを考えた時、何が最善なのかはハンス自身の決めることだ。

暖簾《のれん》分けについては、常に考えている。

ハンスの成長は、思ったよりも圧倒的に速かった。

失敗はしても、同じことは二度と繰り返さない。

毎日の賄いにも次々と新しい料理で挑んでくるので、しのぶも信之も舌を巻いている。

真面目で努力家、研究熱心なハンスの腕前はめきめきと上がっているし、いずれは信之としのぶの元から巣立っていくのは間違いない。

大市の少し前、常連のリューさんから妙な依頼があった。

「ハンスを、二晩貸して欲しい」

訳も分からずに信之が問い質すと、リューさんは〈四翼の獅子〉亭の副料理長なのだという。

帝国から多くの商人や貴族の集まる晩餐会という大きな宴席を取り仕切るに当たり、ハンスの力をどうしても借りたいのだ、と。

信之は、二つ返事で承知した。

ハンスはもっと広い世界を見るべきだというのがその理由だ。

事実、晩餐会の手伝いに行ったことで、ハンスは大きく成長した。

使われる側の料理人としての立場からの視点だけでなく、使う側の料理人としての視点も、身に付ける必要を感じたようだ。

これだけは居酒屋のぶの規模ではどうやってもハンスに教えることができないと思っていただけに、よい刺激になっただろう。

リュービクという料理人は、天才だとしのぶは聞いた。

努力と研鑽《けんさん》でここまでやってきた信之とは、対極に位置する。

天才の料理と、努力家の料理。

二人の料理人の仕事を間近で見ることのできたハンスは、幸せ者なのだと思う。

日本と古都という二つの料理を学ぶ上でも、今ここで居酒屋のぶから巣立つことは、間違いではないのかもしれない。

信之は、どう考えているのだろうか。いずれは暖簾分けを、という話には乗り気だったが、それがいつという話を信之としのぶはしたことがなかった気がする。

醬油や味噌、酒というのぶでしか手に入らない食材の問題もあった。

だが、ハンスはその熱意で醬油の問題を解決したのだ。

それに、味噌や日本酒、みりんがなくても、ハンスは手に入る食材だけでお客の舌と心を喜ばせる料理を作ることができるだろう。

信之はきっと、気持ちよく送り出すことを選ぶに違いない。

料亭〈ゆきつな〉の時も、信之は後輩たちの味方だった。

独立したい、別の店で修業したいという声にはしっかりと耳を傾け、本人の知らないところで塔原や社長に頭を下げていたことも、しのぶは知っている。

箒《ほうき》を握る手に、知らず力が籠もった。

ハンスはニコラウスと並んで、居酒屋のぶの古い常連だ。

お客から、従業員に。

付き合いの長さ、深さを考えると、古都の住人の中でも一、二を争う。

「すだちかぁ」

言葉にしてしまってから、慌てて口元を押さえた。

幸い、誰にも聞かれていなかったようだ。

まだ決まったことではない。だが、覚悟はしておかねばならない。

ハンスがいなくなったあと、昼営業はどうするべきだろうか。

せっかく定着してきたし、新しい常連も来てくれるようになったが、そのままの形で続けることは難しいだろう。

信之の負担も大きいし、質の低下したものをお客にお出しするのは、料亭の娘としてのしのぶの美学に反する。

求められて賄いを出すのとこれとでは、問題の質が違うのだ。

夜営業も少し考えなければならないかもしれない。

検討すべき課題は無限にある。

しのぶが頭を悩ませている間に、暖簾を掲げる時間になった。

意識を営業用に切り替える。

自分にどんな悩みがあったとしても、お客には関係のないことだ。

常に最善の接客を。

しのぶがハンスに見せることができるのは、その接客態度だけなのだから。

「いらっしゃいませ！」

「……らっしゃい」

今日はじめてのお客は、まだ初々《ういうい》しいカップルだった。

シモンと、パトリツィア。

〈四翼の獅子〉亭の従業員である二人は、先日念願叶って付き合うことになった。

晩餐会の後、シモンが勇気を振り絞ったのだそうだ。

どうしてしのぶがそんなことを知っているかと言えば、べろべろに酔う度にシモンがそのことをパトリツィアに感謝するからに他ならない。

「今日は何を食べさせてくれるんですか」

すっかり居酒屋のぶの味に慣れ親しんだパトリツィアは、信之にとってもハンスにとっても腕の振るい甲斐《がい》のあるお客だ。

椀物《わんもの》の吸い口や、些細《ささい》な工夫も残らず言い当てる。

「今日はいい太刀魚《たちうお》が入ってるよ」

信之の目利きで仕入れてきた太刀魚はとても綺麗で、焼いても揚げても美味しそうだ。

太刀魚をまな板にのせた信之が、ハンスに尋ねる。

「ハンスならこの太刀魚、どうする？」

「炙り、はどうでしょう？」

間を置かず、ハンスが答えた。

返事の仕方がいい。

尋ねられる前から食べ方を頭の中で挙げ、何が一番よい選択肢かを考え抜いた返事だ。

ハンスもいよいよこういう返事ができるようになったのだ、としのぶは胸がいっぱいになった。

料亭〈ゆきつな〉で多くの料理人見習いを見てきたが、何年経ってもこういう返事のできない者は少なくない。

炙り、というのもいい。

しのぶも好きな食べ方だった。なんと言っても塩焼きの美味しい太刀魚だが、炙って食べるのもまた格別だ。

醤油と柑橘《かんきつ》で頂くと、実に美味しい。

「いいショーユと、スダチもありますし」

あ、としのぶの顔が赤くなる。

すだち、酢橘《すだち》、巣立ち。

ハンスの「スダチ」は「巣立ち」ではなく「酢橘」だった、というわけだ。

そういえば、そろそろすだちの美味しい季節だった。

料理の名脇役、すだち。

仮にも料亭の娘がその存在をうっかり忘れていたのだから、ひどい失態だ。

それにしてもとんでもない勘違いもあったものだ。誰にも相談しなくてよかった、としのぶは胸を撫でおろす。

赤くなった顔を盆で隠し、しのぶは小さく咳払いをする。

自分の恥ずかしい勘違いを、一刻も早く忘れ去ってしまいたい。

ああ、それにしても。

太刀魚の炙りに、すだち。

絶対に間違いのない、美味しい組み合わせだ。

火に網がかけられ、三枚に下ろした太刀魚が炙られる。

じゅっという音と共に、脂の乗った太刀魚の匂いに、胃の腑が締め付けられた。

信之の焼き加減を盗もうと、ハンスがじっと見つめている。

これ以上ないという絶妙のタイミングで火からおろされた太刀魚に、信之の包丁が吸い込まれていった。

綺麗だな、と思う。

ハンスが独り立ちするまでに、この技を身に付けて欲しい。

そして、胸を張って信之の弟子だと名乗って欲しいと思う。

技の継承というのは、そういうものではないだろうか。
身につけた技で何を切り、何を料理するかは、ハンスに委《ゆだ》ねられる。
料理人も、硝子《ガラス》職人も、鍛冶《かじ》も、商人も。
みんな、誰かから何かを継承し、誰かに何かを継承しながら働いている。
そう考えると、ハンスを育てることこそが、信之を古都の舌の記憶の一部に留《とど》める
ことにつながるのかもしれない。
そんなことをぼんやりと考えながら、パトリツィアに頼まれたレーシュを注ぐ。
盛り付けられた太刀魚の炙りを、リオンティーヌが二人の前に並べた。
「それでは……」
パトリツィアとシモンはすだちを絞り、ほんの少しだけ醤油を付ける。
炙り色のついた太刀魚を二人はゆっくりと口へ運んだ。
「んふぅ」
幸せそうな、吐息。
蕩《とろ》けるパトリツィアの表情を見れば、それだけで感想など要らない。
もう一口。
さらにもう一口。
そこに、レーシュをキュッと流し込む。

空気が幸福に包まれた。

この表情を見るために、居酒屋をやっているのだ。

ふと見てみると、手を動かす信之もハンスも、口元が綻んでいる。

信之の一挙手一投足に合わせ、ハンスが阿吽《あうん》の呼吸で仕込みを手伝う姿は、見ていて気持ちのよいものだ。

暖簾分けの話は、しばらくしないでおこう。

ハンスにとってその時が訪れれば、熟《う》れた実の落ちるように、自然とそうなるはずだから。

たらこ茶漬け

異世界居酒屋 のぶ

「ハンスも、やっぱり来られないんだって」

残念そうに口を尖《とが》らせるしのぶをカウンターに座らせながら、信之は網を熱する。

炙っているのは、たらこだ。

これまで仕入れた中で、一番かそれに匹敵する、上物だった。

今日は居酒屋のぶの休業日。

エーファは家で農作業の手伝い、リオンティーヌは趣味と実益を兼ねて〈四翼の獅子〉亭で敵情視察という名の酒盛りに出かけている。

「ね、私たちでこんな美味しそうなたらこ、食べちゃっていいのかな」

うきうきとした表情を隠しきれないしのぶに苦笑いしながら信之は何も答えない。

料理人が最後に信じられるものは、自分の舌だけだ。

だから、いいものはちゃんと自分で味わっておく必要がある。

質の悪いものだけ食べ続けると、舌もそれに慣れてしまう。

師である塔原の教えだ。

料亭〈ゆきつな〉時代、つまみ食いはもっての外《ほか》だったが、新しい食材や料理は仲居に至るまで必ず全員に試食をさせていた。

自分が美味しいと思えないものを、お客に出すことは失礼にあたる。

塔原はそう言って、無駄な技巧に走ることや、必要のない高級食材を意味もなく加えることには断固として反対してきた。

その背中を見て育った信之だ。

最高級のたらこが仕入れられれば、まず自分たちで食べなければならないというのは、ごくごく自然な判断だった。

「理由はなんだって？」

店休日に店を顔を出せない理由なんて、何でもいい。

信之はそういう考え方だが、もし体調が悪いというのなら、何か見舞いでも持って行ってやりたりたかった。

「なんかね、女性用の眼鏡が大変なんだって」

ああ、と信之は納得する。

居酒屋のぶの常連客、ロンバウト・ビッセリンクの女性用眼鏡は大成功を収めつつあるそうだ。

貴族の娘を、賢く見せる。

社交界でそういうブームができているらしいと教えてくれたのは、情報通のニコラウスだ。

いつの間にか水運ギルドの秘書のような立場に収まった彼は、水を得た魚のように活き活きとエレオノーラの手伝いをしている。

そういうわけで、今日のハンスは父と兄の手伝いをしているらしい。

手伝いと言っても硝子職人ではないから、検品や出荷の補助だそうだ。

丁寧に箱詰めし、紐《ひも》で結んで、封蝋を施《ほどこ》す。

細《こま》やかな気配りは、上流階級相手の仕事には不可欠だろう。

「さ、いい具合だ」

焼き色のついたたらこを、皿に取る。

お客に出すなら切り分けるところだが、こういうものは行儀悪く食べる方が美味いものだ。

おー、と言いながら、しのぶが淡い色のたらこに箸を伸ばす。

「あふっ」

はふはふと口の中で冷ましながらたらこを食べるしのぶの姿は、とても幸せそうだ。

自分の分も、一口齧る。魚卵の濃い旨みが口の中一杯に広がり、笑みがこぼれた。

ああ、ハンスにも食べさせてやりたいな。

そんなことを考えていると、キッチンタイマーが米の炊き上がりを知らせてきた。

今日は趣向を凝らし、土鍋炊きだ。

「あれ、ご飯炊いてたんだ」

「そりゃあもちろん。たらこを焼いたら、ご飯がいるでしょう」

さっすが大将としのぶが破顔する。


美味いたらこと、美味い白飯。

お茶を掛けまわせば、たらこ茶漬けだ。

こんなに簡単な料理がどうしてこんなに美味しいのか。

たらこの身を崩しながら、さらさらと口へ流し込む。

おこげがちょうどいい具合に食感を変えてくれるのも嬉しい。

「美味しいねぇ」

「うん、美味しい」

「ね、大将。こないだのすだちと明太子で、〆にパスタを出すのはどうかな」

「いいね。それも美味しそうだ」

古都にもうすぐ冬が訪れる。

秋には秋の、冬には冬の、美味しいもの。
どんな食材をどんな風に料理して、お客を喜ばせようか。
二人の相談は、日の暮れるまで続いた。

この物語はフィクションです。作中に同一の名称があった場合でも、
実在する人物、団体等とは一切関係ありません。

本書は二〇一八年四月に小社より刊行した単行本に加筆修正し、新規エピソードを加え
文庫化したものです。

宝島社
文庫

異世界居酒屋「のぶ」 五杯目

（いせかいいざかや「のぶ」 ごはいめ）

2018年12月20日　第1刷発行

著　者　蝉川夏哉

発行人　蓮見清一
発行所　株式会社 宝島社
〒102-8388　東京都千代田区一番町25番地
電話：営業 03(3234)4621／編集 03(3239)0599
https://tkj.jp
印刷・製本　株式会社廣済堂

Printed in Japan
First published 2018 by Takarajimasha, Inc.
ISBN 978-4-8002-9101-1